AUSSERGEWÖHNLICH GEWÖHNLICH

ANDREAS DEGKWITZ

AUSSERGEWÖHNLICH GEWÖHNLICH

Berlin 2024

FSC
www.fsc.org
MIX
Papier aus verantwortungsvollen Quellen
Paper from responsible sources
FSC® C105338

Bibliografische Information der Deutschen Nationalbibliothek:
Die Deutsche Nationalbibliothek verzeichnet diese Publikation in der Deutschen Nationalbibliografie; detaillierte bibliografische Daten sind im Internet über dnb.dnb.de abrufbar.

Lektorat: Barbara Herrmann
Satz, Herstellung und Verlag:
BoD – Books on Demand, Norderstedt

ISBN 978-3-7583-6316-0

PROLOG

Außergewöhnliche Menschen bedürfen oft vieler Worte, um sich zu beweisen oder erklärt zu werden; das trägt nicht immer dazu bei, dass sie sympathisch wirken oder für sympathisch gehalten werden. Gewöhnliche Menschen brauchen sich im Regelfall nicht zu beweisen und bedürfen nicht vieler Worte, um sich zu erklären. Denn Gewöhnlichkeit erklärt sich häufig selbst; auch machen viele Worte niemanden außergewöhnlich. Mit Gewöhnlichkeit verbindet sich oft die Sympathie anderer Menschen. Aber was ist mit Menschen, die außergewöhnlich gewöhnlich sind? Sie sind ausgeprägt oder ungewöhnlich gewöhnlich, halten sich manchmal allerdings für außergewöhnlich, was zu hoher Selbsteinschätzung führt, für die ihnen alle Voraussetzungen fehlen. Diese falsche Einschätzung – oft verbunden mit fehlgeleitetem Ehrgeiz – lässt sie wider eigenem Erwarten furchtbar scheitern, ohne dass sie die Gründe dafür verstehen, wie die Erlebnisse eines außergewöhnlich Gewöhnlichen im Folgenden zeigen, der kein Einzelfall in unserer Zeit ist. Denn mit schrillen Projekten, auf sich aufmerksam zu machen, um »der Welt zu zeigen, was geht«, wenn nur gewollt, ohne aber tatsächlich zu können, ist derzeit weit verbreitet und motiviert, über Selbstbild und Scheitern eines »Felix Krull« der Postmoderne namens Norbert K. zu berichten.

KAPITEL 1

An seinem 18. Geburtstag, einem Mittwoch im Frühling des ersten Dezenniums der 2000er Jahre, beschloss Norbert von der Gewöhnlichkeit Abstand zu nehmen, die ihn, wie er glaubte, prägte, ja, seine Lebensjahre geradezu auszeichnete, ohne dass er wusste, um was es dabei tatsächlich ging. An diesem Tag, der ihm die Volljährigkeit schenkte, stellte er für sich fest, zu Außergewöhnlichem wie Höherem berufen zu sein. So hatte er es für sich immer wieder empfunden, doch nicht verstanden, diese Mission tatsächlich zu leben. Die Berufung, der er sich verpflichtet fühlte, war bisher im Dunklen und Ungefähren geblieben und bedurfte offenbar einer Entscheidung, die zu treffen nun Zeit war; er glaubte, nun sei endlich der Moment gekommen, um sich als Außergewöhnlicher mit der Volljährigkeit neu zu gebären. In Jeans und in einem karierten Hemd trat er ans Fenster und strich sich die Haare aus der Stirn, um in den blauen, sonnigen Himmel zu schauen, der ihm den Höhenflug versprach, den er mit seiner Entscheidung erwartete und der ihn von der Mittelmäßigkeit seiner Familie befreien und zu Höherem aufsteigen lassen würde – davon war er, gerade achtzehn geworden, jedenfalls fest überzeugt.

Norbert lebte in einer großen Stadt, die viele Anregungen für jede und jeden bot. Doch um damit in Berührung zu kommen, war die Siedlung, in der er wohnte, allem Anschein nach zu weit vom pulsierenden Zentrum der Stadt entfernt. Denn zu erfahren oder gar zu erleben, was außerhalb der Siedlung in der großen

Stadt geschah, daran bestand für Norbert bisher weder Interesse, noch hatte er irgendeine Form der Neugier darauf entwickelt. Die Doppelhaushälfte, in der er mit seinen Eltern wohnte, die Straße, die daran vorbeiführte, der Weg zur Schule, der Sportplatz und das Jugendzentrum standen im Mittelpunkt seines Lebens und waren seine Welt, der er sich zugehörig fühlte und wo sich sein außergewöhnlich gewöhnliches Leben in Kindergarten, Grundschule und Gymnasium mit der Familie und seinen Freunden abspielte. Sein Vater war Apotheker, der sein Geschäft mit großem Ehrgeiz betrieb und deshalb für Norbert überhaupt keine Zeit fand, allerdings auch nicht wusste, was er mit ihm anfangen sollte. Norberts Mutter war leidenschaftlich Krankenschwester, die nach seiner Geburt kürzer treten musste und ihn als »Klotz am Bein« empfand. Unzufrieden mit ihrer Mutterrolle gab sie ihm zu verstehen, wegen ihm zu Hause bleiben zu müssen und ihn äußerst ungern zu betreuen; denn sie fürchtete nun, mit ihrer begonnenen Karriere im Krankenhaus schmerzhaft zurückzufallen.

Deshalb blieb Norbert ein Einzelkind – allerdings mit dem eigenen Reich eines großen Zimmers wie kein anderer seiner Freunde oder Schulkameraden. Dort hatte er als Kind mit Bauklötzen, Legosteinen, Spielzeugautos und Stofftieren gespielt und sich Tag für Tag seine eigene Welt geschaffen, aber diese auch immer wieder zerstört, wenn ihm die Spielergebnisse des jeweils gestrigen Tages im Wege standen. Mit einigem Vergnügen trat er dann die Türme aus Bauklötzen und die Häuser aus Legosteinen ein, vertrieb seine Stofftiere aus ihren Gehegen und warf seinen beachtlichen Fuhrpark an Matchbox-Autos in eine Kiste, die ihm als Garage diente. Doch er gehörte schon zu der Generation der Kinder, die in den 90er Jahren an beliebten, elektronischen Spielen wie Game Boy und Tamagotchi ihren Spaß hatten und in deren Kinderzimmern weder Streetview Teppich noch Stickeralben fehlen durften.

Die schönsten Stücke seines Kinderspielzeugs landeten auf einem Regal neben seinen Bilderbüchern und Kinderkrimis, wenn die nächste Spielzeuggeneration einzog und die bisherige verdrängte, während er sich auf seinen zehnjährigen Geburtstag zubewegte. Zu den Highlights gehörte die elektrische Eisenbahn mit Lokomotiven, Waggons, Schienen, Weichen, Signalanlagen, die immer wieder neu zu einer Gleislandschaft zusammengesetzt wurden und »en miniature« an Bahnhöfen und Stadtfragmenten vorbei über Gebirgszüge aus Pappmaschee, durch Tunnel und angemalten Seen entlang ein bewegtes Abbild des Lebens auf Eisenbahngleisen boten. Mit seinem Vater baute Norbert diese Fantasie zunächst in seinem Zimmer auf; als das Szenario dafür zu groß wurde, diente ein Keller dafür, der eigens für diesen Spielplatz ausgeräumt worden war. Lange Nachmittage verbrachten Norbert dort als Direktor der Eisenbahn und seine Freunde als Eisenbahnschaffner mit den Rangierherausforderungen des Güter- und Personenverkehrs im Kleinen. Dabei war Norbert froh, keine Geschwister zu haben, die ihm das Spielfeld des Schienennetzes und die Verantwortung seiner Funktion als »Chef des Ganzen« fortwährend streitig machten.

Von einem auf den anderen Tag wurden Autorennbahn und elektrische Eisenbahn Geschichte. Der eigene Laptop, das Desktop-Gerät zu Hause im eigenen Zimmer und das Handy fütterten die Fantasie von Verfügbarkeit und Zugänglichkeit all dessen, was im Netz erreichbar war und zu jeder Zeit über den Bildschirm zum Greifen nah erschien. Nun konnte sich Norbert mit seinen Freunden treffen, ohne sich deshalb an einen gemeinsamen Ort bewegen zu müssen. Doch der Verlust an Gemeinschaft war dabei zu groß, um sich allein auf Computer und Internet zu beschränken. Deshalb überlebte der Freundeskreis mit seinen Begegnungen und halbwegs regelmäßigen Treffen im

Jugendzentrum, auf dem Sportplatz und im »Bierhimmel« der Siedlung. Immer mehr Spielzeug verschwand im Keller oder verstaubte mit den Büchern auf dem Regal. Im Mittelpunkt standen ein PC für Spiele und Videos und ein Handy, das viel mehr konnte, als das bisher ausschließlich genutzte Telefon.

Bis er achtzehn wurde, ging Norbert in dieser Umgebung auf, so dass ihm jeder Gedanke und alle Ideen fremd waren, die Grenzen der heimatlichen Siedlung zu überschreiten und neue Wege zu gehen, um sein Leben mit spannenden Erfahrungen und ungewohnten Erlebnissen zu bereichern. Wagte jemand, der zum vertrauten Kreis seiner Freunde und Klassenkameraden gehörte, diesen Schritt und erzählte, was er oder sie »draußen« erlebten, kursierten allerhand Kritik und Vorbehalte, die ihm oder ihr nicht offen mitgeteilt wurden, sondern die hinter ihrem oder seinem Rücken nach Art von Gerüchten von Mund zu Mund gingen. Für das offene Wort hatten er oder sie das Vertrauen verloren. Dennoch wuchs die Zahl derer, die den Schoß dieser Gemeinschaft verließen, obwohl denjenigen, die gingen, bewusst war, auf Dauer aus diesem Kreis verstoßen zu sein. Krisen und Abstürze derer, die »ausgewandert« waren, wurden mit Schadenfreude beobachtet und mit Häme versehen. Da solche »Katastrophen« eher selten waren, wurden Berichte zu einzelnen Beispielen hemmungslos aufgebläht und übertrieben, um zu beweisen, dass »daheim zu bleiben« der »rechte« Weg sei und es sich lohne, die »auswärtige Welt der Abenteuer« zu meiden. Diese Reaktion gründete darauf, aufkommende Neidgefühle im Keim zu ersticken. Denn keiner derjenigen, die der »Heimat« die Treue hielten, sollte von dieser Welt da »draußen« Genaueres wissen. Dazu gehörte vor allem auch Norbert, bis er 18 Jahre alt war und Volljährigkeit für sich beanspruchte. Nun durfte er, wie er glaubte, endlich außergewöhnlich sein.

Mit diesem Schub ließ er seine heimatverbundenen Freunde zu ihrer Überraschung wissen, dass sie sich in der Siedlung vor Herausforderungen versteckten und sich in lächerlicher Weise nur mit sich selbst befassten. Höchste Zeit sei es doch, sich den Wind ins Gesicht blasen zu lassen und nach den Sternen zu greifen. Denn wer wüsste nicht von der Außergewöhnlichkeit eines jeden und der Besonderheit, die jeden ausmache und die niemandem innerhalb und außerhalb der heimatlichen Gefilde entgehe, sobald man sich dafür entschieden habe, die stets eigene »Berufung« herauszufinden, aufzugreifen und zu verfolgen.

»Was machst du künftig anders als bisher? Was wirst du als Nächstes tun?«, wurde Norbert gefragt, als er eine Woche nach seinem Geburtstag an einem Samstag im »Bierhimmel« der Siedlung mit ein paar Freunden zusammensaß.

»Nach eingehender Selbstanalyse bin ich zu dem Schluss gekommen, dass mein ›Impact‹ weit über unsere Siedlung hinausreicht. Wie ihr alle wisst, bin ich achtzehn und volljährig geworden. Mein Potenzial als Überflieger kann ich nun entfalten und wird mich in ein fulminantes Studium führen, mit dem ich meine Leistungen in der Schule um ein Vielfaches übertreffe. Entweder werde ich mich zu einem glänzenden Naturwissenschaftler oder zu einem vorzüglichen Juristen entwickeln. Von dieser Prognose seid ihr mit Sicherheit überrascht.«

»Deine Leistungen in der Schule waren doch gar nicht so gut, dass eine so exzellente Entwicklung für dich zu erwarten steht«, wurde ihm entgegnet, »was spricht für diese Einschätzung, die du von dir gewonnen hast?«

»Dem Zusammenhalt, den wir hier gefunden haben, bin ich treu geblieben«, erwiderte Norbert mit bewegter Stimme, »ich habe mich nicht in ungewisse Abenteuer gestürzt, wie manch einer von uns, der dann tief gefallen ist. So leichtfertig bin ich nicht gewesen. Immer wenn einer aus unserem Kreis seinen Schwerpunkt in die Lebenswelt außerhalb unserer Siedlungsherkunft verlegte, habe ich mich intensiv mit seinem ›Exodus‹ auseinandergesetzt und festgestellt, was in sehr großem Gegensatz dazu tatsächlich in mir steckt.«

»Warum hast du uns davon nie berichtet«, wurde er gefragt, »das wäre für uns von großem Interesse gewesen.«

»Stets war ich bemüht, niemanden mit Vermutungen dieser Art zu nerven«, gab er im Brustton freundschaftlicher Verbundenheit zur Antwort, »zumal ich mir darin auch nicht vollkommen sicher war.«

»Aber jetzt bist du dir sicher, dass du über riesige Potenziale verfügst. Wie kam es dazu?«

»Eine Stärken-Schwächen-Analyse, der ich mich unterzogen habe, brachte Ergebnisse, die mich in meiner Selbsteinschätzung bestärkten«, erklärte Norbert seinen Freunden in belehrendem Ton, die sich über ihn zu erstaunen begannen, »allen Grund habe ich, Höheres anzustreben und meine Exzellenz unter Beweis zu stellen.«

»Du wirst uns also verlassen«, wurde gerufen, »und ein Studium der Naturwissenschaften oder Rechtswissenschaften beginnen.«

»Genau das ist absehbar«, bestätigte er, »allerdings ist noch unklar, wo ich mein Studium aufnehmen werde, das kein Versuchsballon sein wird, wie ihn viele derjenigen steigen ließen, die sich vor mir aus unserem Kreis verabschiedet haben. Möglich ist, dass ich in der Stadt bleibe und die Universität hier besuche. Möglich ist allerdings auch, dass ich mich von hier aus ins Ausland wegbewege – das muss ich noch evaluieren.«

»Du stellst dein Leben auf eine neue Grundlage, indem du Entscheidungsverfahren zum Einsatz bringst, die uns weitgehend unbekannt sind ...«

»… ja, dem ist so«, unterbrach Norbert stolz, »unsere Wege trennen sich nun. Mit euch kann ich nicht weitergehen – da komme ich zu nichts und verliere Zeit, die mein Höhenflug dringend fordert. Eine gute gemeinsame Zeit hatten wir hier im Schatten globaler Entwicklungen, die zu beeinflussen ich mich in meinem Studium nun berufen sehe«, schwadronierte er mit deutlich vernehmbarer Stimme, »ihr werdet mit Sicherheit öfter in aller Öffentlichkeit von mir hören.«

So verabschiedete sich Norbert von seinen Freunden, die er mit geschwellter Brust verließ, um in der großen Stadt, zu der die Siedlung gehörte, entweder Jura oder auf dem Gebiet der Naturwissenschaft zu studieren. Bei seinen Eltern wohnte er allerdings weiterhin.

Dass Norbert so auftrat, stieß nicht nur auf Begeisterung. Während seines Vortrages spielten zwei seiner Kumpel mit Bierdeckeln, ein anderer gähnte gelangweilt und ein weiterer runzelte die Stirn. Zwei Mädchen waren hochgradig genervt. Die eine sagte:

»Jetzt schnappt der ja völlig über. Früher fand ich ihn ja ganz süß, aber jetzt dreht er mit diesem arroganten Auftritt vollkommen durch.«

Die andere antwortete: »Norbert war doch nicht immer so. Was ist denn in den gefahren, dass er sich jetzt so aufplustert?«

KAPITEL 2

Auf einen Studienplatz in beiden Fachgebieten musste sich bewerben, wer eines der beiden studieren wollte. Ein Bewerbungsschreiben mit dem Abiturzeugnis war dafür einzureichen und, wer damit überzeugte, wurde zu einem Gespräch eingeladen. Norbert bewarb sich zuerst auf einen Studienplatz im Institut für Physik. Wenn er mit dieser Bewerbung scheiterte, sah er in der Rechtswissenschaft eine geeignete Alternative, für die ihm eine erfolgreiche Bewerbung sicher erschien. So richtete er zunächst eine Bewerbung an die naturwissenschaftliche Fakultät seiner Heimatstadt.

Hoch verehrter Herr Dekan, sehr geehrte Mitglieder des Dekanatskollegiums,
nichts ist in unseren Zeiten an Universitäten mehr gefragt als exzellente Wissenschaft auf internationalem Niveau. Dass Ihre Fakultät landesweit zu den besten und erfolgreichsten zählt, ist ein Geschenk für unsere Stadt als Standort herausragender Wissenschaft und eine Verpflichtung für exzellente, leistungsstarke Studierende, die hier zu Hause sind. Getragen wird die Exzellenz ihrer Fakultät wesentlich von den wissenschaftlichen Erfolgen des Instituts für Physik, das in diesem Jahr zum dritten Mail auf Platz 1 im Ranking der Forschungsleistungen unserer Alma Mater steht. Wer möchte sich in diese Erfolgsgeschichte nicht einbringen und mit eigener Exzellenz daran teilhaben? Wer, der über die dafür erforderlichen Potenziale verfügt, kann einer Bewerbung auf einen Studienplatz am Institut für Physik

widerstehen? Für meine Person, die wissenschaftliche Exzellenz verspricht, besteht dazu keine Alternative. Hiermit bewerbe ich mich an Ihrer Fakultät auf einen Studienplatz am Institut für Physik. Jemand wie ich, der sich schon vor dem Frühstück mit physikalischen Formeln befasst, wer wie ich Protagonist und Bannerträger offener Wissenschaft ist, einer, für den wie so gut wie für niemanden sonst Physik als die Grundlage aller Wissenschaft gilt, wird nicht anders können, als sich dort um ein Studium an Ihrer Fakultät zu bemühen.

Möglicherweise werden meine Noten in den Schulfächern irritieren, die für ein Studium der Physik von großer Bedeutung sind. Doch was sind Schulnoten? Wer, der Wissenschaft erfolgreich betreibt, reüssiert mit seinem Abiturzeugnis? Was ist Schule für denjenigen, der mit Leidenschaft Physiker werden will? Sie werden mir deshalb meine Schulnoten in Mathematik und Chemie nachsehen, wenn ich Sie von meiner Leidenschaft und meinen Fähigkeiten auf diesem Gebiet überzeugen kann – das wird mir in dem Gespräch gelingen, zu dem ich Sie bitte mich einzuladen.

In fester Erwartung ihrer Zusage und mit großer Freude auf gemeinsame, fruchtbringende Forschung

Ihr

Norbert K.

Nach etwa vierzehn Tagen erhielt er ein Schreiben der naturwissenschaftlichen Fakultät, mit dem ihm die Ablehnung seiner Bewerbung mitgeteilt wurde, so dass ihm ein Studienplatz am Institut für Physik versagt blieb. In dem Schreiben hieß es, dass seine Begeisterung für das Fachgebiet im Auswahlgremium hohe Wertschätzung erfuhr, seine fachlichen Voraussetzungen allerdings keinen erfolgreichen Studienverlauf erwarten ließen. Nicht nur dass die Noten der naturwissenschaftlichen Fachgebiete im Abiturzeugnis für ein Studium der Physik nicht ausreichten und gerade Mathematik dabei allenfalls mittelmäßig benotet sei, auch jede Erfahrung mit Projekten außerhalb der Schule oder Initiativen, die ein außerschulisches Interesse an Physik erkennen ließen, fehlten komplett. Insofern sei die Bewerbung wesentlich von der Faszination an physikalischen Phänomenen und deren Erklärung getragen, lasse aber notwendige Kompetenzvoraussetzungen für ein Studium leider vermissen.

Norbert war enttäuscht, zerriss das Ablehnungsschreiben und warf die Papierschnitzel in den Papierkorb. Dann werde ich es mit der Rechtswissenschaft versuchen, sagte er sich. Wenn er sich gleich daransetze, würde seine Bewerbung noch rechtzeitig eingereicht werden können. Folgendes Schreiben richtete er an die Juristische Fakultät.

Exzellenzen der juristischen Fakultät,
ich gehöre zu den Menschen, die leidenschaftlich bereit sind, Streit zu schlichten – ob als Anwalt oder Richter in meinem Freundeskreis und nach den dort geltenden Regeln. Professionalisieren möchte ich meine Fähigkeiten, für Recht und Gesetz einzutreten, und bewerbe mich deshalb auf einen Studienplatz in Ihrer Fakultät. Meine langjährigen Erfahrungen als Schlichter von Streit und als Anwalt der Schwachen betrachte ich als hervorragende Voraussetzung für einen erfolgreichen Studienverlauf. An Engagement für die gute und richtige Sache werde ich es nicht fehlen lassen. Mit mir haben sie einen Studenten, dem hundertprozentig bewusst ist, um was es in der Rechtswissenschaft geht und der deshalb den Weg des Studiums erfolgreich beschreiten und sich nicht ablenken lassen wird. Ja, verlassen können Sie sich darauf, was ich Ihnen in Aussicht stelle und in die Hand verspreche. Mit aller Ernsthaftigkeit bewerbe ich mich um Aufnahme in Ihr Kolleg und sehe Ihrer Antwort auf meine

Bewerbung mit der Erwartung entgegen, die ihr gebührt, und mit ebensolcher Hoffnung.

Hochachtungsvoll

Ihr

Norbert K.

Mit allen guten Wünschen für sein Studium bekam Norbert die Zusage eines Studienplatzes von der Fakultät, ohne dass ein Gespräch zu seiner Bewerbung geführt wurde – davon war er beglückt. Die Juristen habe er von seinen Potenzialen unmittelbar überzeugen können, teilte er seinem Freundeskreis in der Siedlung mit und belog sie mit der Information, sich bei der naturwissenschaftlichen Fakultät gar nicht beworben zu haben. Zudem erklärte er, sein Studium bewusst hier in der Stadt zu beginnen und einen Wechsel an eine andere Universität – mit Präferenz im Ausland – zu einem späteren Zeitpunkt vorzusehen. Denn dann sei es mit der Bewilligung eines Stipendiums einfacher, das er auf jeden Fall beantragen und aller Voraussicht nach auch erhalten werde. Die nächsten zwei Jahre sei er noch in der Stadt und werde weiter im Haus seiner Eltern wohnen. Man sehe sich also, wenn es gewollt sei, schloss er seine Rundmail an alle.

Ob er sich beim Dekan der juristischen Fakultät für die Zusage des Studienplatzes schriftlich bedanken solle, fragte er sich, um zugleich auf einen Termin für ein Gespräch mit dem Dekan hinzuwirken, bei dem er sich vorzustellen gedachte. Mit der ihm eigenen Selbstüberschätzung äußerte er seinen Dank in ganz anderer Weise: Bei der Begrüßung der Erstsemester, die im Rahmen der Semestereröffnung stattfand, ging er nach dem Willkommensgruß des Dekans auf ihn zu und bedankte sich lautstark in aller Öffentlichkeit für den bewilligten Studienplatz und schüttelte ihm die Hand. Dieser Auftritt, dessen Peinlichkeit Gelächter und Spott verdient hätte, wurde mit großem Beifall quittiert und schien den Erstsemestern Teil der Begrüßung zu sein. Auf jeden Fall erhoben sich alle und schritten in einer langen Reihe nach vorne, um es Norbert gleichzutun und dem Dekan dankend die Hand zu geben. Der Dekan hingegen war verwirrt und verstand den Vorgang nicht, der einmalig für ihn war. Doch er sah sich nicht in der Lage, die Dankesbekundungen mit dem Hinweis auf einen dringend anstehenden Termin abzulehnen. So nahm er den zahlreich vorgetragenen Dank lächelnd und jeweils mit Händedruck entgegen und erntete dafür in der lokalen Presse ein großes Lob für die sympathische Erstsemesterbegrüßung, die noch nie so persönlich erfolgt sei wie für das aktuelle Semester. Norbert hingegen war verstimmt, dass seine Initiative in der Zeitung keine Erwähnung fand, sondern allein der Dekan im Mittelpunkt der Berichterstattung stand. Mit dem Dekan werde er das noch klären, nahm er sich vor. Aber zu dem von ihm angestrebten Gespräch kam es nicht, was ihn enttäuschte, zumal ihm keine Möglichkeit eingeräumt wurde, mit dem Dekan über diesen Vorgang, mehr noch allerdings über seine Karriere an der Uni, zu sprechen.

KAPITEL 3

Eine weitere Enttäuschung von großem Gewicht kam hinzu. Mit der Semestereröffnung und der Begrüßung der Erstsemester starteten die Lehrveranstaltungen und das Studium nahm Fahrt auf. Doch Norbert kam zu seinem Verdruss immer weniger mit. Waren die ersten drei Monate noch als Einführung zu verstehen, der er folgen konnte, erwiesen sich Vorlesungen und Seminare in den folgenden Monaten bis zum Semesterende als zu schwierig für ihn, um mitzukommen. Seine Fragen erstaunten und führten bei seinen Kommilitonen zu Stirnrunzeln und genervten Gesichtern – oft auch zu Gelächter. Er vereinsamte zunehmend, da seine Mitstreiter sich mehr und mehr von ihm fernhielten.

Zu einem Eklat kam es, als Norbert die Qualität einer wichtigen Vorlesung, während sie stattfand, offen und außerordentlich scharf kritisierte und dem Dozenten fachliche Niveaulosigkeit und didaktisches Unvermögen vorwarf. Der Dozent, der bei den Studenten sehr beliebt war, griff Norberts kritische Anmerkungen auf und fragte, ob andere Teilnehmer der Lehrveranstaltung Norberts Beurteilung seiner Vorlesung teilten. Anstatt von der Mehrheit derer, die im Hörsaal anwesend waren, unterstützt zu werden, wie er es erwartet hatte, erfuhr Norbert eine unmissverständliche Ablehnung seiner Äußerungen und wurde aufgefordert, den Hörsaal umgehend zu verlassen, um die äußerst gute Vorlesung mit seiner peinlichen Kritik nicht zu stören, für die es überhaupt keinen Anlass gab. Diese Abfuhr beantwortete Norbert lautstark mit dem Hinweis, dass Fragen und Kritik im

Mittelpunkt jeder wissenschaftlichen Auseinandersetzung stünden und gerade Fragen und besonders solche, die gemeinhin als dumm bezeichnet würden, genau diejenigen seien, die zu neuen und ungewöhnlichen Erkenntnissen führten. Wer nicht infrage stelle, nicht kritisiere, glaube irrtümlich, alles bereits zu verstehen oder sogar zu wissen, gebe damit aber auch keinen Erkenntnisdrang oder keine wissenschaftliche Neugier zu erkennen. Die deshalb im Rahmen des Studiums erfolgende Zeitverschwendung könne er nur bedauern, doch fehlende Ambitionen und lasches Studieren würden ihn von seinem Erkenntnisehrgeiz und leidenschaftlichen Forschungsinteresse nicht abbringen. Nicht er, sondern die Mehrheit derjenigen, die zu ihm auf Abstand gingen, sei aufgefordert die Vorlesung zu verlassen; denn Kritik sei in der Wissenschaft gang und gäbe, Kritiklosigkeit hingegen mit Wissenschaft nicht zu vereinbaren.

Diese Antwort löste einen massiven Proteststurm aus. Bleistifte, leere Pappbecher, zu Bällen zerknülltes Papier und Radiergummis wurden auf Norbert geworfen. Seine Sitznachbarn versuchten, ihn von seinem Platz zu entfernen, Drohungen wurden laut, unüberhörbare Rufe signalisierten große Empörung und Unmut. Der Dozent bat um Ruhe und forderte Norbert auf, sich entweder zu entschuldigen oder den Hörsaal zu verlassen und sich nach der Vorlesung bei ihm zu einem Gespräch einzufinden. Unter dem Beifall der Anwesenden ging Norbert aus dem Saal und gab mit einem Schimpfwort zu erkennen, dass er an einem Gespräch mit dem Dozenten auf gar keinen Fall interessiert sei.

Sich einzugestehen, dass ihn das Jurastudium überfordere, dafür sah Norbert keine Veranlassung. Lag es doch nicht an fehlendem Potenzial, dass er »dumme« Fragen stellte und Kritik übte, vielmehr waren es die mediokren Curricula und unzureichend qualifizierte Lehrkräfte, die ihn in die Situation brachten, das Studienangebot in Frage zu stellen. Die erwarteten Studienleistungen überforderten ihn nicht – umgekehrt sei es: Sein Potenzial, so seine Überzeugung, stellte die Qualität der Studienangebote infrage, die seine Ansprüche an Exzellenz nicht bedienen konnten. Unter diesen Bedingungen sei er stets der Verlierer, prognostizierte er für sich, da die gängigen Studienanforderungen an ihm vorbeigehen würden; für diese sei er zu brillant, wie sich bei seinen Prüfungsleistungen zeigen werde. Tatsächlich bestand er die beiden Pflichtprüfungen am Ende des ersten Semesters nicht, wofür er selbstverständlich die Ursache nicht bei sich, sondern in dem abgründig tiefen Niveau der Lehrinhalte und darauf beruhender Prüfungen sah, die ihn nicht erreichen konnten. Offenbar war er als Überflieger, für den er sich hielt, zu exzellent für das Studium, das er absolvieren wollte.

KAPITEL 4

Möglicherweise, sagte sich Norbert, sei es ja nicht nur er, der darunter leide, die Studienherausforderungen zu verfehlen, da die Curricula und die Lehrkräfte ein so miserables Niveau hatten. Bei dem Eklat in der Vorlesung, der auf ihn zurückging, hatte ihm eine Mehrheit der Studierenden widersprochen, aber nicht alle, die an der Vorlesung teilnahmen. Teilten Letztere das von ihm angesprochene Schicksal? Sei das die Minderheit derjenigen, die sich wie er für hochbegabt hielten? Er glaubte, Kritik anderer Kommilitonen an Lehrmodulen und Prüfungsinhalten in aller Deutlichkeit zu vernehmen. Offenbar befanden sich aus seiner Sicht als die eines Außenseiters unter den Jurastudenten eine ganze Reihe solcher, die für das reguläre Studium zu exzellent seien und aufgrund dessen in unterschiedlicher Weise vom Studium ausgeschlossen würden, da sie allem Anschein nach an der Durchschnittlichkeit der Lehrangebote scheiterten. Zu diesem Schluss kam Norbert für andere und für sich, erklärte sich damit seine Probleme im Studienverlauf und sah sich veranlasst, den von ihm aufgedeckten Missstand öffentlich anzuprangern. Anhand nachgewiesener Fakten oder mit der Erhebung von Zahlen belegte er seine Feststellungen nicht. Im blinden Glauben an das Scheitern exzellenter Studierender – allen voran seiner Person – brachte er folgenden Beitrag in der Lokalpresse zur Veröffentlichung:

»Hochbegabung tut sich schwer. Auch in diesem Jahr erfreut sich unsere Universität vieler Erstsemester; das gilt für nahezu alle Fachgebiete. Die Anforderungen an diejenigen, die ihr

Studium nun beginnen, erscheinen hoch. Für eine Universität mit Exzellenzanspruch ist das nicht überraschend. Doch löst sie diesen Anspruch tatsächlich ein? Mehr und mehr Studierende haben Probleme mit den Curricula nicht etwa, weil sie damit überfordert sind, sondern umgekehrt: Die Curricula bewegen sich nicht auf exzellentem Niveau, so dass sie an den Hochbegabten vorbeigehen – ein Skandal!

Können wir als Wissenschaftsstandort im Wettbewerb um exzellente Köpfe und ebensolche Forschung bestehen, wenn die Besten außen vor bleiben? Neuausrichtung und Umdenken der Anforderungen an das Studium an unserer Universität sind unerlässlich, um den Wettbewerb um die Besten nicht zu verlieren, die andernorts – vor allem im Ausland – auf dem roten Teppich willkommen geheißen würden. Wertschätzung wie diese würden sie von ihrer Heimatuniversität bedauerlicherweise nicht kennen. Besonders ausgeprägt ist diese Fehlentwicklung bei den Juristen.«

Norberts Beitrag schlug hohe Wellen. Das Dekanat der rechtswissenschaftlichen Fakultät und die Stipendiaten, die dort ihren Doktor machten, antworteten ebenfalls in der Presse auf seine Invektive: Unbegreiflich sei es, dass ein Student, der sein Jurastudium gerade als Erstsemester begonnen habe, sich zur Mitte des Semesters über Exzellenz und Lehrqualität so eitel, so unverschämt und vor allem so ahnungslos äußere. Alle Genies und Überflieger, die sich unter den Erstsemestern fänden, würden ausgeschlossen und disqualifiziert? Das sei purer Unsinn. Wer diese Hochbegabten denn seien, die in dem Beitrag genannt und bemitleidet würden? Wer sich durch exzellente Forschung auszeichne und es zu Höchstleistungen bringe, habe beste Chancen auf Förderung und Unterstützung seitens der Fakultät. Erfreulich hoch sei die Zahl der Stipendiaten, die an der rechtswissenschaftlichen Fakultät mit exzellenter Forschung Karriere machten. Wie kann da jemand behaupten, dass die High-Potentials »außen vor bleiben« und nicht gewollt sind? In dem Beitrag von Norbert K. werde vielmehr der Versuch erkannt, sich die eigene Schwäche und Überforderung durch das Curriculum mit vermeintlich falschen Anforderungen an den Studienverlauf zu erklären, indem er sich als verkannter Überflieger zu inszenieren versuche. Dieses Verhalten, das dem hohen Ansehen der juristischen Fakultät äußerst schade, habe noch Konsequenzen. Wer außerstande ist, sein Jurastudium mit Erfolg zu bestehen, sollte besser rechtzeitig das Handtuch werfen als die Fakultät und ihr Lehrangebot als niveaulos zu kritisieren. Gute und exzellente Forscher und Studierende seien jederzeit an der juristischen Fakultät willkommen.

Vom Dekan der rechtswissenschaftlichen Fakultät wurde Norbert dann bald zur Rede gestellt und aufgefordert, seine Äußerungen umgehend zurückzunehmen. Andernfalls drohe ihm, exmatrikuliert zu werden – eine große Klatsche, die ihn unmittelbar veranlasste, Ende des ersten Semesters sein Jurastudium aufzugeben, ohne die Aussage seines Pressebeitrages zurückzunehmen. Stattdessen nahm er ein Betriebswirtschaftsstudium auf, das viel weniger anspruchsvoll als das Jurastudium war und seiner Selbsteinschätzung als einem exzellenten Studenten deutlichen Abbruch tat. Im Nebenfach studierte er Politikwissenschaften, da er seine Chancen nun verstärkt als Politiker sah. Denn obwohl ihm die Voraussetzungen für sein Jurastudium fehlten, was er sich einzugestehen begann, hatte er allerhand Aufsehen erregt; das führte ihn zur Politik, wofür er sich jetzt als äußerst geeignet betrachtete und beachtliche Erfolge für eine Karriere erwartete – da war sich Norbert sicher. Mit der Partei, in die er eintrat, befand er sich in einem konservativen Parteienspektrum, das gut zu seiner Heimat in der Siedlung passte.

KAPITEL 5

Obwohl Norbert ganz am Anfang seines betriebswirtschaftlichen Studiums stand, wollte er dennoch möglichst bald eine Aufgabe in der Partei übernehmen; er erklärte sich bereit, als Sprecher des Ressorts für Bildung und Wissenschaft zu kandidieren.

»Bist du dafür nicht viel zu jung?«, fragte ihn der Vorsitzende der Partei, die Opposition im Stadtparlament war, »solltest du nicht dein Studium beendet haben, bevor du auf diesem Gebiet mit Parteiaktivitäten beginnst?«

»Für Bildung und Wissenschaft passt doch ein junges Parteimitglied sehr gut, dem die Herausforderungen dieses Ressorts nahe und stark präsent sind.«

»Da stimme ich dir zu«, sagte der Vorsitzende, »im Vorstand schlage ich dich für diesen Posten vor. Richte dich darauf ein, dich dem Vorstand vorzustellen.«

»Kein Problem«, antwortete Norbert, »das mache ich gern.«

Mit seiner Parteimitgliedschaft und diesem politischen Engagement betrat Norbert erneut ein Feld, das vollkommen neu für ihn war. Doch zur Erfüllung seiner Berufung zu höheren Aufgaben, die er sich selbst gesetzt hatte, sah er im Politikbetrieb einen geeigneten Ansatz für sich, nachdem sich seine Hoffnung zerschlagen hatte, auf dem Gebiet der Physik wie auf dem der Rechtswissenschaft als junger und vielversprechender Forscher zu reüssieren. Außerdem glaubte er, als »Führungskraft« im Freundeskreis seiner Siedlung, der er entstammte, bereits politisch tätig gewesen zu sein; so hatte er auch sein Verständnis für

Recht und Ordnung für seine Bewerbung auf einen Studienplatz bei den Juristen begründet. Mit hohem Einsatz habe er den Zusammenhalt seines Freundeskreises stets getragen und unterstützt, wie er immer auch Streit geschlichtet habe – ein Tatbestand, der seine Fähigkeiten auf dem Gebiet der Politik eindeutig, wie er glaubte, zu erkennen gab. Dass dieser Tatbestand zwar zum Erfolg seiner Bewerbung um einen Studienplatz beigetragen hatte, aber nicht zum Erfolg seines Jurastudiums führte, schien er vergessen zu haben, wegen des gescheiterten Studienverlaufs allerdings mehr noch verdrängen zu wollen.

Die Stärke seiner Vorstellung beim Parteivorstand war erneut die gewinnende Kraft seiner großen Worte, die er auf der Sitzung dieses Gremiums zum Besten gab: Einem gutbürgerlichen Haus entstamme er, dort seien ihm Tugenden beigebracht worden, die eine Gesellschaft tragen: Ehrlichkeit, Gottesfurcht, Fleiß, Verlässlichkeit, Liebe zu Eltern, Heimat und Vaterland. Doch Werte wie diese zu leben, erweise sich heute als schwierig. Grund dafür seien Bildungsansätze, die sich vom traditionellen Bildungsverständnis entfernt hätten und nicht mehr auf die Werte, die er genannt habe, setzten. Hier gebe es dringenden Handlungsbedarf. Den Eltern sei wieder verstärkt die Erziehung ihrer Kinder zu überantworten, der Bildungsauftrag der Schulen müsse mit deutlich mehr Nachdruck umgesetzt werden – gehe es doch um schlichtes Lernen, wenn die Aneignung von Wissensgütern den Lehrplan fülle, und nicht um Moderation von Wissen und Erörterung des Wissensbegriffs. Digitalisierung biete ohne Zweifel neue Chancen für die Wissensvermittlung, die problemlos an das traditionelle Wissensverständnis anknüpfen können – erst recht gelte das für die Wissenschaft und »unsere Universitäten«, die nicht auf Ausbildungsinstitutionen reduziert werden dürften, sondern mit der Einheit von Bildung und Wissenschaft Exzellenz beweisen müssen. Von daher bestehe großer Handlungsbedarf, das degenerierte Hochschulwesen wieder auf einen wettbewerbsfähigen Stand zu bringen. Alles in allem sei er bestens im aktuellen Bildungs- und Wissenschaftsbetrieb zu Hause, so dass er sich freue seine Erfahrungen in die Parteiarbeit einzubringen, sobald ihm dieses Ressort übertragen sei.

Der Vorstand war von Norberts Rede beeindruckt und stimmte zu, ihm das Ressort für Bildung und Wissenschaft für die Parteiarbeit zu übertragen. Die konservative Botschaft seiner bisweilen aufgeblasenen, schwülstigen Worte kam an und erstaunte besonders aufgrund seiner Jugend. Norbert hatte seine Vorstellung bewusst am Parteiprogramm ausgerichtet und freute sich über seinen Erfolg, dass ihm die Verantwortung für das Ressort »Bildung und Wissenschaft« anvertraut wurde. Dass er sich mit seiner Rede auf dem intellektuellen Niveau seiner Jugend bewegte, konnte der Vorstand nicht wissen, doch auch Norbert war sich dieses Tatbestands nicht bewusst. Im Grunde gab er zum Besten, was ihm einst am Familientisch beim Mittag- und Abendessen von seinen Eltern erklärt worden war. Da seine Botschaft im Parteivorstand bestens ankam, sah er sich auf dem richtigen Weg und wollte von einem altbackenen und überholten Charakter seines politischen Statements nichts wissen.

Allerdings trat er auch mit schrillen Beiträgen zur Bildungs- und Wissenschaftspolitik auf. Nichts hatte er im Laufe seiner Studierversuche über die Universität gelernt, sondern zerschlug in der Verbindung seiner konservativen Haltung und falscher, da fehlender Sachkenntnis gefährlich viel Porzellan, wie folgendes Beispiel eines Redebeitrages zeigt, den er auf dem Parteitag vortrug, nachdem er als parteiinterner Leiter des Ressorts für Bildung und Wissenschaft gewählt und ernannt worden war.

Liebe Freunde, liebe Freundinnen,
Die Partei, die unsere Stadt regiert und sich sozialem Fortschritt und gerechter Teilhabe verschrieben hat, sollte es nicht nötig haben, sich auf jeden Missstand, den sie im Bildungs- und Schulbetrieb zu verantworten hat, von uns als ihrer Opposition aufmerksam machen und hinweisen lassen zu müssen. Doch wer gibt schon gern Fehlentwicklungen zu, die auf eigene Veranlassung hin in Gang gesetzt und realisiert wurden? Dafür gibt es zahlreiche Beispiele vor allem in unseren Schulen. Denn es reicht ja nicht, die Schulbank zu drücken und sich dort von sozialer Benachteiligung und Ungerechtigkeit zu erholen. Mit Lernen fürs Leben hat das nichts zu tun, noch heilt es sozial bedingte Verwundungen. Der Mangel an Lehrkräften wird dank des Einsatzes meiner Partei seit einigen Monaten angegangen und behoben – immerhin! Aber ist denn noch niemandem aufgegangen, dass viel zu viele Schüler und Schülerinnen den regulären Verlauf ihrer Schulzeit verfolgen, aber deshalb am Ende ihrer Schulzeit gerade eben mal durchschnittlich und damit von exzellenten schulischen Leistungen weit entfernt sind? Für hervorragend begabte Schüler ist das allein und ausschließlich demütigend. Einer wie ich, der in der Schule immer ganz vorne war, mit seinem Ehrgeiz und vorbildlichen Fleiß andere aufgeweckt hat, auch mal den Mund aufgemacht hat, wenn ein Lehrer mit seiner Einschätzung oder seinem Urteil falsch und voll daneben lag, so einer wie ich hat das alles an Demütigung erlebt und hätte dabei durchaus auch Schaden genommen, hätte er nicht das Rückgrat gehabt, das ihn neben anderen Potenzialen auszeichnete und gestärkt hat.

Leistung muss wieder honoriert, traditionelle Werte wieder gelebt, gute Schüler separat qualifiziert werden und für diejenigen, die den Erwartungen der schulischen Bildung nicht entsprechen, müssen die fälligen Konsequenzen gezogen werden – anders wird es nicht gehen; dafür stehe ich. Erbärmlichkeit deshalb auch in der Landschaft der Universitäten und Fachhochschulen. Woher soll die Qualität denn auch kommen bei diesem maroden Schulsystem? Sind es vorrangig Studierende aus dem Ausland, die unsere Universitäten zu ihrem Vorteil nutzen? Werden unsere Studierenden alle zu Auszubildenden unterhalb Fachhochschulniveau? Wo ist die Exzellenz, die deutsche Wissenschaft immer geprägt und bewegt hat? Erlangen wir Erstklassigkeit, wenn wir fortwährend darauf hinwirken, allen dieselben Chancen zu geben und Herausragendes stets zum Erfolg aller zu erklären? Wir müssen unsere Stärken fokussieren: Ingenieure, Ingenieure und nochmals Ingenieure auf allen Gebieten der Informatik, der Naturwissenschaft, der Medizin und selbstverständlich jeglicher Technik. Stattdessen wird viel zu viel im Kreativbereich unternommen, mit Kultur und Medien gemacht – das bringt uns keinen Schritt voran, sondern ist Verschwendung von Geld, Gehirnschmalz, Personal und Energie. Von daher besteht auch in der Wissenschaft dringender Handlungsbedarf, um verlorenen gegangene Anerkennung zurückzugewinnen. Es geht um die Rettung der Exzellenz der deutschen Wissenschaft, meine Damen und Herren, die in einer beeindruckenden Tradition steht, doch der die Hochbegabten und High-Potentials fehlen, um diese energisch wieder nach vorne zu bringen und mit neuen Erfolgen sichtbar unter Beweis zu stellen!

Mit einer arroganten Geste trat er vom Podium ab, auf dem das Rednerpult stand, und war verärgert über die Buhrufe derer, die seine Ausführungen nicht ertragen konnten und unüberhörbar ablehnten. Niemand im Saal konnte es fassen, dass er wieder ans Rednerpult trat und lautstark zu verstehen gab, dass diejenigen, die anderer Auffassung seien als er, bitte nach vorne treten sollten, um sich zu erklären. Niemandem könne dann verborgen bleiben, dass seine Einschätzung der Bildungs- und

Forschungslandschaft unseres Landes mehr als hundertprozentig zutreffe und die von ihm in Vorschlag gebrachten Reformen alternativlos seien.

KAPITEL 6

Doch bald wurde Norbert klar, dass er als junges Parteimitglied und eben solcher Politiker im Schatten der konservativen Mehrheit wenig Beachtung finden werde und kaum ein politisches Profil nach eigener Art mit seinem Ressort entwickeln könne. Über seine Verantwortung für Bildung und Wissenschaft hinaus, würde sich ihm aber die Möglichkeit bieten, das junge Gesicht der Partei zu entwickeln und zu repräsentieren, das war das Ergebnis der Überlegungen zu seinem Status in der Partei. Die konservative Grundlage seiner Mitgliedschaft verliere er dabei nicht. Aber er gab dem konservativen Inhalt seiner politischen Botschaft das elegante Gewand formaler Nonchalance. Zugleich sorgte er sich um Compliance im politischen Alltag und wies tadelnd auf Verstöße gegen entsprechende Vorgaben hin oder thematisierte, auf was es bei den Vorgaben zur Compliance ankam. Dabei ging es ihm um Transparenz, Inklusion, Anerkennung von Diversität, Transgender, Nachhaltigkeit und vieles andere mehr. Vorteilhaft und im Sinne von Norbert waren die großen Spielräume, die sein Verständnis von Compliance bot, auf der einen Seite. Andererseits ermöglichte ihm dies, seine Kritik am politischen Gegner bis hin zu dessen Aus vorzutragen, sobald Abgeordnete angeblich gegen entsprechende Regeln verstießen und deshalb aus seiner Sicht im politischen Alltag versagten. Wenn jemand glaubte, auf dieser Grundlage über Wohl und Weh seiner Gegner den Stab brechen zu können, war es Norbert, der sich gegenüber sämtlichen Mitbewerbern auf der Überholspur sah. Erste Stimmen wurden allerdings laut, die ihm seine Rolle als Knigge in

Sachen Compliance absprachen und seine eitle Manier wütend verabscheuten, andere nach seinem Verständnis von Compliance zu verurteilen und zu beschädigen.

War Norberts plötzlicher Absturz von seinem Höhenflug zufällig, der auf einer lächerlich harmlosen Party ausgelöst worden war? Auf der Terrasse eines Restaurants, das unmittelbar an einem See nahe der Stadt gelegen war, hatten sich der erweiterte Parteivorstand und die Verantwortlichen der Ressorts, zu denen Norbert gehörte, an einem Sommerabend zu einem Barbecue-Dinner versammelt. Die Stimmung war gut, das Gebratene lecker, Bier und Wein fanden viel Zuspruch. Norbert war bester Laune und konnte es kaum fassen, dabei sein zu dürfen. Um an den Gesprächen teilzuhaben, bei denen es entweder um Parteifinanzen oder um Geschäfte von Mitgliedern ging, war er noch zu jung. Seine Themen, die er für die Partei vorantrieb, fanden nur ein geringes Interesse. Deshalb spielte er auf dem Dinner erneut den Compliance-Knigge, mit dem er erheiterte, aber auch nerven konnte. Nachdem das Barbecue-Dinner beendet war, gab es noch Eis zum Dessert.

Da platzte eine Gruppe junger Damen auf die Terrasse, die laut lachend vorgab, den See von oben aus betrachten zu wollen, da sie noch ein nächtliches Bad vorhatten. Die sommerlich gekleideten »Girls«, die recht ausgelassen waren, boten einen willkommenen Blickfang für die Altherrenriege des Parteivorstands. Doch auch Norbert bewegten die munteren Grazien, deren Oberweiten aus den tief dekolletierten Sommerkleidchen zu kullern drohten. Er griff nach dem Glaspokal mit dem Speiseeis, trat auf die Mädels zu und fragte, ob sie schon ihr Dessert gehabt hätten.

»Aber nein!«, wurde ihm kichernd, kreischend erwidert, »du bist süß und bewirtest uns. Keine von uns hat damit gerechnet.«

Dass er nun den Eismann abgab, wurde von den Altvorderen der Partei mit besorgten Blicken verfolgt: Unser Eis für diese Flittchen? Trug sich der junge Mann mit weiteren Absichten? Verstieß er mit diesem Alleingang nicht gegen die Grundsätze eines compliance-gerechten Auftritts, den er von anderen forderte?

Mit freundlichen Dankesworten und dem Hinweis, noch Eis für den Nachtisch der auf der Terrasse Versammelten übrig lassen zu wollen, verschwanden die lachenden Grazien im Inneren des Restaurants. Norbert brachte sie an die Terrassentür und war dann nicht mehr an seinem Platz zu sehen.

Plötzlich erhob sich neues Gelächter und quietschendes Freudengeschrei. Die Gruppe der Mädels zog splitternackt über den schmalen Strand, um in dem See ein Bad zu nehmen; das Wasser war von der Sommerhitze noch immer warm. Norbert war noch immer nicht auf seinen Platz zurückgekehrt, was seine Tischnachbarn überraschte. Denn nach dem Coup mit dem Eis hatten sie erwartet, dass er das Treiben der jungen Damen im See von der Terrasse aus in Augenschein nehme. Als es den »Girls« dann doch zu kühl wurde, stiegen sie aus dem See und nutzten die Umkleidekabinen, die sich in dem Stockwerk unterhalb der Terrasse befanden, um sich abzutrocknen und anzukleiden. Aus einer der Kabinen drang ein leiser Schrei, der aber wegen der lauten Begeisterung über das spontane nächtliche Bad nicht gehört werden konnte. Als eine halbe Stunde später festgestellt wurde, dass eine der Grazien, Mona, fehlte, hieß es, dass sie nach Hause gegangen sei, da sie das nächtliche Bad offenbar nicht vertragen und ermüdet habe. Auf der Terrasse waren inzwischen die ersten aufgebrochen, um sich auf den Weg nach Hause zu machen. Insofern fiel nicht auf, dass Norbert überhaupt nicht wieder auf die Terrasse zu seinen Parteifreunden zurückgekehrt war.

Knapp drei Wochen später – es war schon Urlaubszeit – rief der Parteivorsitzende Norbert an und zitierte ihn zu einem umgehenden Gespräch. Das klang ernst. Doch Norbert hatte keine Idee, um was es bei dem Gespräch gehen könnte. Eine halbe Stunde wartete er vor dem Büro des Vorsitzenden. Dann öffnete sich die Tür. Der Rechtsbeistand wurde verabschiedet. Norbert wurde grußlos mit einer winkenden Handbewegung in das Büro beordert. Der Vorsitzende nahm an seinem Schreibtisch Platz und ließ Norbert vor seinem Schreibtisch stehen.

»Was ist an dem See passiert?«, fragte er Norbert mit vorwurfsvoller Stimme; er schien erregt und gestresst zu sein.

»An welchem See?«, erwiderte Norbert, »ich verstehe nicht, was Sie meinen?«

»Was geschah an dem See«, wiederholte der Vorsitzende ärgerlich, »in dessen unmittelbarer Nähe wir auf der Terrasse des Restaurants unser Barbecue-Dinner hatten und in dem die Mädels spät abends gebadet haben.«

»Was soll da geschehen sein?«, fragte Norbert, der seine Ruhe behielt, »wir haben gut gegessen, waren in guter Stimmung und haben uns amüsiert. Die kreischenden, jungen Damen weckten einige Aufmerksamkeit. Mit Eiscreme, die ich ihnen spendierte, habe ich zu ihrer Beruhigung beigetragen.«

»Ist dir ein Mädchen mit Namen Mona bekannt?«

Norbert schüttelte den Kopf.

»Mona ist eines der ›Girls‹, die auf der Terrasse waren. Sie hat mir geschrieben, dass du dich in einer der Badekabinen an ihr vergangen hast.«

»Daran habe ich keine Erinnerung«, äußerte Norbert, »doch jetzt weiß ich, wer Mona ist. Meine Wertschätzung für Frauen ist hoch. Niemals würde ich mich an einer Frau vergehen und von daher auch nicht an Mona.«

»War der Sex, den du mit ihr hattest, einvernehmlich? Oder hattest du gar keinen Sex mit ihr?«

»Wenn Zweifel bestehen, trifft beides zu«, gab Norbert zurück, »sollte ich Sex mit ihr gehabt haben, was ich nicht mehr weiß, war er auf jeden Fall einvernehmlich.«

»Mona schreibt mir etwas ganz anderes«, teilte der Vorsitzende mit und hielt ihr Schreiben hoch, »in ihrem Brief an mich, wirft sie dir vor, sie vergewaltigt zu haben. Ich nehme das ernst. Darüber hinwegzusehen, erlaubt mir meine Verantwortung für das Parteiwohl nicht.«

»Was wollen Sie mir damit sagen?«, äußerte Norbert, »geht es um meine Mitgliedschaft?«

»Sie wird dich anzeigen, Norbert. Dann ist es vorbei mit deiner Mitgliedschaft in der Partei. Diesem absehbaren Szenario greife ich voraus, um die Partei vor übler Nachrede zu schützen, und entbinde dich hier und jetzt von allen Pflichten als Ressortleiter und Parteimitglied. Du gehörst ab sofort nicht mehr zu uns. Verschwinde, sage ich dir. Denn ich will dich nicht mehr sehen und mich nicht weiter von dir belügen lassen.«

KAPITEL 7

Norbert war tief enttäuscht darüber, was ihm geschehen war. Er hatte ein Techtelmechtel mit Mona, das doch einvernehmlich gewesen war. Dass er sich übergriffig verhalten und sie vergewaltigt hatte, das traf nicht zu – jedenfalls konnte er sich an dergleichen nicht erinnern. Mona und er hatten sich bei dem nächtlichen Bad gefunden und in der Badekabine Sex gehabt – der war einvernehmlich. Der leise Schrei war eher ein lauter der Lust, den sie zu unterdrücken versucht hatte – er wurde nicht gehört. Offenbar war er in eine Falle getappt, stellte er für sich fest. War Mona auf ihn angesetzt worden, um ihn in eine Bredouille zu bringen? Hatte sich Mona von einem Parteimitglied bestechen lassen, um einen Racheakt für seine Compliance-Initiative an ihm zu vollziehen? Hatte sich Mona mit Rachegedanken getragen, da er ihr nach dem One-Night-Stand erklärt hatte, dass eine Beziehung mit ihr zu seinem politischen Auftrag in Widerspruch stehe, da sie im Escort-Milieu unterwegs sei? Norbert war nach eigener Einschätzung unschuldig, hatte keine Chance zu seiner Verteidigung, aber war dennoch geschasst worden, um die Partei vor unangenehmen Anfragen und missliebigen Presseberichten zu bewahren. Seine Hoffnung auf eine Parteikarriere hatte sich damit erübrigt – ob berechtigt oder auch nicht. Denn was tatsächlich in Sachen Mona geschehen war, wurde in keiner Weise mehr thematisiert und auch nicht aufgeklärt. Angezeigt wurde er jedenfalls nicht. Mona hatte von einer Anzeige abgesehen, die sie ihm angedroht hatte und die für Norbert äußerst unangenehm geworden wäre. Insofern hatte er Glück im Unglück.

Was kam als nächstes für einen Studenten der Betriebswirtschaft? Von zwei Informatikstudenten, die er in der Cafeteria der Uni kennengelernt hatte, wurde er ein halbes Jahr nach seinem Rausschmiss aus der Partei gefragt, ob er an der Gründung eines Start-Ups für die Vermittlung von Nachhilfeunterricht für Schüler und Online-Unterstützung für Studenten interessiert sei und sich daran beteiligen wolle. Das Projekt hielt Norbert für gewinnbringend und lohnend. Er sagte seine Mitwirkung zu und gab sein Studium auf, nachdem ihm die beiden Informatiker die Prozesse der App und ihre Ideen zum Geschäftsmodell erklärt hatten. Norberts Aufgabe war zum einen das Marketing für die App, womit er sich auf ein reges Wettbewerbsfeld begab; denn vergleichbare Services existierten bereits. Zum anderen musste er für die in Aussicht gestellte Unterstützung Nachhilfelehrer und Tutoren gewinnen und sie vertraglich an das Start-Up binden. Die erwarteten Einnahmen waren von wettbewerbsfähigen Preisen der in Aussicht gestellten Leistungen abhängig, die die Kundschaft von der App überzeugten. Zugleich waren die Einnahmen an diejenigen, die bei dem Start-Up beschäftigt und daran beteiligt waren, in angemessener Weise zu verteilen.

Für die ersten drei Jahre hatte Norbert einen Antrag auf Finanzierung im Rahmen eines Förderprogramms der Investitionsbank zu stellen. Das Fördervolumen der Bank musste zu 25% aus Mitteln der Universität oder aus Eigenmitteln kofinanziert werden. Die Rechte für die App hielten die beiden Informatikstudenten und übernahmen zugleich die Haftung für den technischen Betrieb. Die Gesamthaftung für das Geschäft lag bei Norbert und betraf das wirtschaftliche Überleben des Start-Ups. Dazu zählte auch die Ko-Finanzierung, die der Universität zurückzuerstatten war, sofern sie diese übernommen hatte, oder sie musste als Eigenleistung von den beiden Informatikstudenten und Norbert mit einem gemeinsamen Kredit eingebracht werden, der dann durch den positiven Geschäftsverlauf zurückgezahlt werden konnte. Die Förderung der Investitionsbank war hingegen nicht rückzahlungspflichtig.

Norbert sah sich in seinem Element, als er den Antrag auf das Förderprogramm stellte. Die Sektkorken knallten, als die Bewilligung der Investitionsbank ohne Abstriche bei der beantragten Summe einging. Nun war noch die Ko-Finanzierung zu klären. Da Norbert viel Vertrauen bei der Universität eingebüßt hatte, wurde sein Antrag abgelehnt, dessen Chancen auf Ko-Finanzierung mit dem Thema des Start-Ups grundsätzlich gut waren. Also musste er in Eigenleistung die notwendige Ko-Finanzierung realisieren und ermöglichte dies mit einer zinsfreien Anleihe bei seinem Vater. Nach einem halben Jahr stand die Finanzierung des Geschäfts, so dass mit seinem Aufbau begonnen werden konnte.

Als erstes kaufte sich Norbert ein aufsehenerregendes Cabrio, mit dem er einerseits als Chef seines Start-Ups zu imponieren bemüht war, andererseits seine Wettbewerbsfähigkeit zur Schau stellen wollte, die tatsächlich nur in Ansätzen existierte. Wie auch schon bei vorausgegangener Gelegenheit erfülle er sich auf diese Weise weniger eigene Wünsche, redete er sich ein, als vielmehr eigene Prophezeiungen seines Erfolgs, an den er im Vertrauen auf seine riesigen Potenziale glaubte. Zugleich inszenierte er sich als Playboy, der sich Frauen wie niemand sonst leisten könne, wobei er sich von diesen »wie eine Weihnachtsgans« ausnehmen ließ. Schließlich trat er im Casino als Spieler auf, der siegesgewiss das Etablissement betrat und nicht verstand, warum er stets verloren hatte, wenn er das Casino verließ. Allem Anschein nach hatte er weder Glück in der Liebe noch im Spiel. Dass es allein seine Dummheit war, die auf der überzogenen Selbsteinschätzung eines außergewöhnlich Gewöhnlichen beruhte, auf diesen Gedanken kam er nie und blieb sich deshalb als Verlierer treu, der er natürlich nicht sein wollte.

Eine groß angelegte Kampagne kündigte die Produkte des Start-Ups an. Die Website war von einer Firma entwickelt worden und hatte ein Vermögen gekostet. Die Preise für die Unterstützungsleistungen waren nach Stunden gestaffelt und mit Hilfe der Förderung auf jeden Fall wettbewerbsfähig. Für die Einnahmen setzte Norbert auf hohe Abonnementzahlen und intensive Inanspruchnahme der App. So hoffte er, den Lehrenden gute Honorare auszahlen zu können, um die versprochene Qualität zu liefern, und die Informatiker wie auch sich selbst mit hohen Gewinnmargen zu beglücken. In den ersten Monaten fand das Serviceangebot viel Zuspruch. Als nach einem halben Jahr das Wachstum der Kundschaft und die Serviceinanspruchnahme zurückging, startete Norbert eine Rabattaktion, um die Delle beim Umsatz auszugleichen. Die Honorare der Nachhilfelehrer und Tutoren konnte er dann im versprochenen Umfang verausgaben. Aber wenn die Rabatte das Kundeninteresse nicht steigerten, laufe das Geschäft Gefahr ins Schlingern zu geraten, teilte er den beiden Informatikstudenten mit.

Kaum hatte sich die finanzielle Lage des Start-Ups etwas erholt, startete die Universität gemeinsam mit einigen Schulen eine Pressekampagne, die den Mangel an Qualität der Leistungen seines Start-Ups öffentlich anprangerte. Über die qualitativen Mängel seiner Produkte hinaus wurde Norbert als Geschäftsführer unlautere Gewinnsucht und ein rücksichtsloser Umgang mit seinen Mitbewerbern zum Vorwurf gemacht. Die Digitalisierung treibe seltsame Blüten neuer Geschäftspraktiken, hieß es in dem Pressebeitrag, allerdings selten zum Vorteil der Nutzer digitaler

Produkte, sondern vorrangig im Interesse der Betreiber solcher Geschäfte, die nichts anderes im Kopf haben, als sich wie Norbert an Luxuskarossen und Escort-Girls zu erfreuen. Insgesamt sei von Angeboten dieser Art eher abzuraten. Für die schulischen und studentischen Leistungen seien gerade mit dieser App keine Verbesserungen zu erwarten, die den Preis ihrer Nutzung rechtfertigten – im Gegenteil: Die mit der App erfolgende Unterstützung von Schülern und Studenten werde den Anforderungen von Lehre und Unterricht in keiner Weise gerecht.

Auf diese Kritik hin waren die Umsätze wieder rückläufig geworden. Norbert wurde zunehmend unruhig. Sollte er eine Gegenkampagne starten, fragte er sich. Doch eine weitere Herausforderung brachte ihn davon ab. Denn als Nächstes wurde er mit einer Klage gegen diejenigen Tutoren konfrontiert, die für die Unterstützung von Studierenden arbeiteten und dies auch an den Instituten der Uni taten. Als Beschäftigte der Universität waren sie in der Pflicht, für zusätzliche Tätigkeiten Nebentätigkeitsanträge zu stellen; doch das hatten sie versäumt. Als sie entsprechende Anträge nachholten, wurden ihnen die Nebentätigkeit in Norberts Geschäft nicht bewilligt, da nach der schlechten Beurteilung des Starts-Ups in der Öffentlichkeit eine Tätigkeit dort mit einem Einsatz als Tutor an der Uni aus Gründen der Qualität unvereinbar sei. Vor diesem Hintergrund die Universität zu verklagen, dazu sah sich Norbert nicht in der Lage. Die Tutoren kündigten ihm, so dass ihm Lehrkräfte, aber auch Kunden abhandenkamen, auf die er unbedingt angewiesen war. Die wirtschaftliche Situation des Start-Ups verschlechterte sich erneut.

Doch nicht nur die wirtschaftliche Labilität sorgte für Unruhe; aufgrund mehrerer Hackerangriffe geriet das Geschäft auch technisch heftig ins Schleudern. App und Server standen den Nutzern oftmals und viel zu lange nicht zur Verfügung; das konnte ihnen niemand erklären. Norbert gab den beiden Informatikern dafür die Schuld. Umgekehrt warfen sie ihm Missmanagement und fehlende betriebswirtschaftliche Kompetenz vor. In der weiteren Folge wurde das Start-Up nicht von Einnahmen aus dem Verkauf von Serviceprodukten getragen, sondern von den eingeworbenen Fördergeldern und der Eigenleistung. Da sich die Situation bis zum Ablauf des zweiten Förderjahres nicht verbesserte, waren mit Ende des zweiten Jahres sämtliche Mittel verausgabt – für das dritte Förderjahr gab es kein Geld. Das Projekt musste abgebrochen werden, ohne dass eines der Förderziele erreicht worden war. Mit dem Verkauf der App an ein großes Dienstleistungsunternehmen konnte die Hälfte der Eigenleistung refinanziert werden; damit hatten die beiden Informatikstudenten ihren Anteil an der Tilgung des Kredits von Norberts Vater geleistet. Norbert blieb auf dem Rest der Schulden sitzen und hatte keine Idee, wie er diese seinem Vater zurückzahlen könne, der sie ihm nicht erließ. Schlimmer für ihn war allerdings, dass sein Vater alles Vertrauen in ihn verloren hatte und in ihm allein einen großmäuligen Versager sah.

KAPITEL 8

Hatte Norbert in seinem Leben ein einziges Mal ernsthaft über sich nachgedacht? Nein, das hatte er nie gemacht. Doch allem Anschein nach war das jetzt an der Zeit, nachdem er sein Studium ohne Abschluss beendet hatte, um sich dem Start-Up zu widmen, und er sich fragte, wie es nun mit ihm weitergehen solle. Die großen Lebensentwürfe lagen ihm offenbar nicht. Er wollte viel, erreichte aber nur wenig und scheiterte meistens komplett. Er war Menschen begegnet, die weit weniger ambitioniert auftraten als er, doch viel erfolgreicher waren. Warum blieb ausgerechnet ihm der Erfolg versagt? Wie konnte das sein? Er hatte doch eine Stärken-Schwächen-Analyse für sich unternommen mit dem klaren Ergebnis, Potenziale eines Überfliegers zu haben, dem die Welt offenstehe und der zu einer Mission für Exzellentes, Höheres, Übergreifendes einschränkungslos und unmissverständlich berufen sei. Doch die vermeintlich erfolgversprechenden Perspektiven stellten sich für ihn als Trugschluss heraus. Nun noch allein – seine Freunde hatte er im Zuge seines Versagens und der Skandale, die er verursacht hatte, verloren – sah er sich noch gewöhnlicher als zuvor. Er hatte es noch nicht einmal zu einer Freundin oder Lebensgefährtin gebracht, da er, berauscht von sich selbst, zu allem, was ihn binden oder mit beiden Füßen auf dem Boden zu halten vermochte, auf Abstand gegangen war.

Mit Schulden bei seinem Vater und von ihm verachtet, stand er nun da und wohnte noch immer in seinem Elternhaus, das während aller seiner Aufstiegsversuche die Heimstatt für ihn geblieben war. Jetzt endlich wollte er sich mit einer Wohnung auf eigene Füße stellen wie alle diejenigen, die zu früheren Zeiten seine Verachtung erfuhren, als sie die Grenzen der Siedlung überschritten und sich von Attraktionen und Herausforderungen der großen Stadt bereichern oder verführen ließen. Er wurde in einem Kiez, der allerlei zu erleben versprach, auf der Suche nach einer Wohnung fündig und bezog ein schmales Zimmer in einer Wohngemeinschaft, das mit einem Bett, einem Stuhl und einem Tisch möbliert war, ohne seinen Eltern dazu eine Nachricht zu hinterlassen, die sich zu dieser Zeit im Sommerurlaub befanden: Er war einfach weg. Miete und Lebensunterhalt bezahlte er mit Ersparnissen, die er noch von seinen Eltern hatte. Die Suche nach einem Job stand dringend an.

Während des Sommers waren die Straßen seiner neuen Wohnumgebung meistens sehr voll. Die warme Jahreszeit machte es einfach, sich vor allem abends oder auch nachts dort zu akklimatisieren. Norbert fand Kontakt in verrauchten Kneipen beim Bier, tanzte ausgelassen in den Clubs, die sich in dem Kiez befanden, und freute sich an der Morgensonne, wenn er morgens zwischen fünf und sechs in sein Bett fiel. Gegen Mittag wachte er wieder auf, und vorbei war es mit seinem Rausch, der ihn in seinem schmalen Zimmer schlafen ließ. In der Wohngemeinschaft fühlte er sich rasch zu Hause; dort lebten alle so wie er. Allerdings hatten alle einen Job, der ihm noch fehlte. Die ersten vier Wochen, die er in seiner neuen Wohnumgebung verbrachte, sah er als Eingewöhnung und Urlaub. Mit seiner Kleidung passte er sich der Mode an, wie er sie in Clubs und Kneipen vorfand, und hatte bald auch Tattoos, die seine Zugehörigkeit zum Kiez zu erkennen gaben. Mit den Mädchen, die er hin und wieder erfolgreich abschleppte, versüßte er sich die Bohème, die er in der Altbauwohnung in seinem schmalen Zimmer lebte.

Vierzehn Tage nach Ablauf seines »Urlaubs« war er mit seiner Jobsuche als Türsteher erfolgreich, eine Urlaubsvertretung von vier Wochen – doch immerhin. Er verdiente Geld ganz anders, als er dies bisher gemacht hatte – vom späten Abend bis in den frühen Morgen. Norbert entschied, wer den Club betreten durfte und wer nicht und gab deshalb vor, wie für diejenigen, die sich am Clubeingang drängelten, das Nachtleben bis in die Morgenstunden verlief. Er urteilte nach Augenschein und Bauchgefühl; sein Eindruck trog ihn dabei selten. Ganz in Lederklamotten gekleidet, stand er an der Eingangstür, sah den Wartenden in die Augen und teilte mit, wer die Nacht im Club verbringen durfte und wer dies in einer der nächsten Nächte ein weiteres Mal versuchen musste. Immer wieder erfüllte ihn Stolz, dass er diesen Job ausüben durfte – ganz unbestritten hatte er etwas zu sagen. Als derjenige, den er vertreten hatte, aus dem Urlaub zurückkehrte, wurde Norbert von einem anderen Club im Kiez mit einem höheren Salaire sogar auf Dauer als Türsteher eingestellt. Er überzeugte – das spürte er –, konnte es aber kaum fassen. Doch ein gutes halbes Jahr später ging dieser Club überraschend bankrott. Norbert verlor seine Arbeit dort – akut drohte ihm wieder Geldnot. Er schlug sich durch als Babysitter, Kellner, Möbelmann, Nachhilfelehrer, Reinigungskraft, Verkäufer und kam damit über die Runden. Sechs Monate später traf er mit einer jungen Frau zusammen, die alle das »Biest« nannten. Wer war das?

KAPITEL 9

Das »Biest« war schön, unglaublich schön und allem Anschein nach unerreichbar. Ihr Teint war rein, schien babyweich. Die schwarzen, langen Haare waren streng aus der Stirn gekämmt und zu einem Pferdeschwanz gebunden oder unter einem Kopftuch versteckt, so dass nichts von ihrer Haarpracht zu sehen war. Meerblaue Augen strahlten in ihrem Gesicht und sahen alles, auch wenn ihre Augen halb geschlossen waren. Das »Biest« war nicht von großer Gestalt und überragte dennoch alle, als sitze sie auf einem Thron, der sie über jede und jeden erhebe. Selbstverständlich hatte das »Biest« auch einen Namen; sie hieß Judith, war Mitte zwanzig und lebte seit drei Jahren in dem Kiez. Wie Norbert war auch Judith in der Stadt geboren, allerdings nicht in der Siedlung, sondern in einem Villenviertel am Stadtrand. Ihr Vater war Chefarzt einer großen Klinik, verheiratet mit einer Rechtsanwältin, die ihren Beruf ausübte. Mit ihr hatte er drei Töchter und zwei Söhne. Judith war das jüngste der Geschwister und der Augapfel ihres Vaters, was ihr eigene Wege zu gehen ermöglichte – diese Freiheit gefiel ihr gut. Der Vater war von ihren Eskapaden nicht immer begeistert, ließ sie aber meistens zu.

In der Schule war Judith erfolgreich, ohne sonderlich fleißig zu sein. Auf dem Gymnasium glänzte sie in Mathematik und in den Naturwissenschaften, war aber auch in allen anderen Fächern gut. Der Vater empfahl ihr, in seine Spuren zu treten, und spornte sie dazu an. Ihre Mutter warb nicht für den Anwaltsberuf; denn ihr war klar, dass Judith selbst zu entscheiden bestrebt war, wohin ihre berufliche Entwicklung ging. Nach einem vorzüglichen Abitur unternahm sie einen halbjährigen Segeltörn im Indischen und Pazifischen Ozean und übernahm nach einem Monat die Rolle des Kapitäns und des Steuermanns, als die drei Jungs, mit denen sie unterwegs war, zu streiten begannen. Mit ihrem Durchhaltevermögen und ihrer Führungskraft beeindruckte sie ihre »Matrosen« auch bei starken Stürmen und hohem Wellengang. Wer ihr widersprach, musste damit rechnen, über viele Tage hin von ihr ignoriert zu werden. Keiner der Jungs hielt das lange aus. Kaum war die Crew mit ihrer Yacht wieder glücklich gelandet, erklärte Judith, im Gebiet des Kilimandscharo auf Safari zu gehen. Dort schloss sie sich einer Gruppe an, der nur Frauen angehörten, von denen bis auf eine alle älter waren als sie. Von den insgesamt zwölf Teilnehmerinnen an der Safari waren vier bereits im Beruf, sechs studierten noch und eine hatte wie Judith erst kürzlich ihr Abitur gemacht. Sie übernahm nicht die Führung der Gruppe, aber die Rolle des Scouts, da sie mit Karten und Kompass umzugehen verstand. Zugleich genoss sie den Schutz derjenigen, die an Selbstverteidigungskursen teilgenommen hatten und mit Hieb- und Stichwaffen umgehen konnten, um gefährlichen Situationen gewachsen zu sein. Zum Glück kam es dazu während der ganzen Safari nicht. Die sehr vielfältige, reichhaltige Fauna und Flora hinterließen sehr nachhaltige Eindrücke bei ihr. Dank ihres Verstandes lotste sie die Gruppe durch Urwälder und Savannen auf weiten Plateaus, in tiefen Tälern und hohen Gebirgszügen; das bereitete ihr große Freude und brachte ihr hohe Anerkennung.

Nach der Rückkehr aus Afrika gönnte sie sich eine Verschnaufpause von drei Monaten und lernte Portugiesisch. Denn sie wollte unbedingt ein Jahr in einer Favela in Rio und São Paolo verbringen. In São Paolo war sie zuerst, und dort im Kindergarten einer Favela tätig. In Rio de Janeiro war sie in einer Grundschule

Lehrerin für Lesen, Schreiben und Rechnen. Was sie in Brasilien erlebte, berührte sie tief. Nie hätte sie für möglich gehalten, dass Menschen unter Bedingungen leben konnten, die sie dort vorfand und die das Wort »elend« nicht trafen. Welches Wort wäre treffender und könnte erfassen, was sie dort sah und erlebte? Judith blieb sprachlos, was dies betraf, auch als sie nach Haus zurückgekehrt war. Sie verlegte ihren Lebensmittelpunkt dann in den Kiez, in dem sie jetzt lebte, und studierte Soziologie.

Aber warum war Judith das »Biest«? Sie hatte viele Verehrer dort, wo sie lebte. Doch für diese hatte sie weder Achtung noch irgendwelchen Bedarf an Zuwendung und ließ sich auf keinen von ihnen ein. Immer mehr Kerle nannten sie das »Biest«, da sie ihnen ihre Abneigung ungeschminkt zu verstehen gab und sich dabei nicht zurückhielt, ihnen ihre Schwachstellen schonungslos vorzuhalten, die sie glaubte, bei ihnen festzustellen. Die Jungs fühlten sich von ihr entehrt, missverstanden und tief verachtet. So hatte es Judith gar nicht gemeint; sie wollte nur Klartext mit ihnen reden und sie wissen lassen, was sie von ihnen hielt. Am meisten störte sie, wenn die Jungs ihr zu gefallen versuchten; das empfand sie als unwürdig.

KAPITEL 10

Norbert begegnete ihr in einem Club. Seine ehrliche und unverstellte Art, die er – bescheiden geworden – inzwischen angenommen hatte, gefiel ihr, als er aus seinem Leben erzählte, ohne sich als Gewinner oder als jemand darzustellen, der zu Unrecht Verlierer war. Seinen Zwiespalt verstand sie als Zerwürfnis mit sich selbst, das ihn im Ergebnis scheitern ließ. Judith mochte seine Gewöhnlichkeit, gegen die er sich erfolglos aufgelehnt hatte, ohne genau zu wissen, was er da eigentlich tat. Sie verliebte sich in ihn, was von Norbert gar nicht bemerkt wurde. Dass sie sich überhaupt verlieben konnte, erstaunte sie nach allen Begegnungen, die sie in diesem Zusammenhang hatte. Doch Norbert war so außergewöhnlich gewöhnlich, so entspannt und kein Rätsel für sie, wie es sie bei vielen ihrer Verehrer erleben musste, die ihr etwas vormachten, um sie für sich zu gewinnen. Wie Norbert tickte, glaubte sie hingegen genau zu verstehen: Ungewöhnlich, überspannt und voller Unruhe, so ihr Eindruck, war er auf jeden Fall nicht.

Sie lud ihn zum Mittagessen zu sich ein und freute sich, dass er sie nicht mit eindeutiger Absicht fragte, ob es nicht auch spätabends sein könne. Norbert betrat eine große Wohnung mit vier Zimmern, die mit zahlreichen Reisetrophäen geschmückt waren.

»Bist du dort überall gewesen?«, wollte er von ihr wissen.

»Aber selbstverständlich«, antwortete sie, »ich habe Asien, Afrika und Südamerika bereist und bin reich beschenkt zurückgekehrt. Die Geschenke, die du hier siehst, sind Erinnerungen an meine Reiseerlebnisse, die sich auf diese Weise ›materialisieren‹ ließen. Die meisten Gegenstände hier sind nur mir etwas wert und niemandem sonst. Deshalb befinden sie sich in diesen Räumen – verkäuflich sind sie nicht.«

»Hast du deine Reisen selbst bezahlt?«, fragte er weiter.

»Wenn ich nicht eingeladen wurde, hat die Reisen mein Vater bezahlt«, erklärte sie, »Geld habe ich erst hier im Kiez mit Nachhilfestunden verdient. Bist du auch gereist? Oder ist Reisen nicht so dein Ding?«

»Nein, ist nicht mein Ding. Wahrscheinlich wäre Reisen besser gewesen als das, was ich stattdessen gemacht habe.«

»Sag so etwas nicht!«, erwiderte sie, »was du gemacht hast, war für dich eben wichtiger als fremde Länder zu bereisen. Wenn dem nicht so wäre, hättest du es doch wahrscheinlich gemacht.«

»Das glaube ich nicht«, entgegnete er, »denn Geld stand mir dafür nicht zur Verfügung und hätten mir auch meine Eltern dafür nicht gegeben.«

»Hast du Hunger? Ich habe etwas zubereitet – ein brasilianisches Fleischgereicht.«

»Klingt lecker – ja, Hunger habe ich.«

Die beiden setzten sich an einen Tisch im Esszimmer und aßen, was Judith gekocht hatte. Als sie mit ihrem Lunch fertig waren, fragte Norbert, ob er sie etwas fragen dürfe. Judith nickte.

»Warum nennt man dich ›Biest‹?«

»Das darfst du mich nicht fragen«, antwortete sie, »denn das sollten diejenigen dir sagen, die mich so nennen, aber bestimmt nicht ich.«

»Hast du keine Idee?«

»Wer ist für dich ein ›Biest‹?«, fragte sie ihn.

»... für mich ist ein ›Biest‹ eine Person, die ich verabscheue, weil sie mich quält oder verachtet«, sagte er nach einer Pause.

»Wahrscheinlich wird mein Verhalten gegenüber meinen

Verehrern, die eine Abfuhr von mir erhalten haben, so interpretiert. Denn ich lasse nicht mit mir spielen und sage, was ich denke oder empfinde«, antwortete sie.

Dazu äußerte Norbert nichts, sondern sah verlegen auf den Esstisch und schwieg.

»Geht dir das auch so?«, wollte sie von ihm wissen.

»Nein«, antwortete er, »ich bin gern mit dir zusammen. Du hast etwas, was mir fehlt.«

»Was ist das, Norbert? Was habe ich, was dir fehlt?«

»Ich sehe mich nicht in der Lage, dir das jetzt zu sagen. Ich spüre das, finde aber keine Worte dafür.«

»Schade! Das wüsste ich gern.«

»Gib mir Zeit dafür«, äußerte er, »ich muss jetzt zu meinem Job. Wenn wir wieder einmal zusammen Mittag essen, kann ich deine Frage vielleicht besser beantworten.«

Er drückte ihr die Hand, dankte ihr für das leckere Essen und verabschiedete sich mit einem freundlichen Lächeln. Dann setzte er sich auf sein Fahrrad und fuhr zu seinem Job.

Nach dieser Einladung fühlte sich Norbert so wohl, wie er sich bisher noch nie gefühlt hatte. Er glaubte mehr Halt zu haben als vor seinem Besuch bei Judith. Hing das mit ihr zusammen? Zweifellos war sie die schönste und interessanteste Frau, der er bisher begegnet war. Das hätte ihn eigentlich in die Erregung größter Verliebtheit versetzen müssen – doch dem war nicht so. Ihre Gegenwart war ihm angenehm, eine Wohltat, hoch willkommen! Er fühlte sich bei ihr aufgehoben, ohne sich deshalb anstrengen zu müssen. Von daher sah er sich nicht in der Situation, um sie zu kämpfen, wie es schon viele andere unternommen, aber am Ende verloren hatten. Er spürte ihre Zuneigung und war auch ihr zugeneigt. Die Frage, was sie habe, ihm aber fehle, war die Zuwendung, die sie sich gaben, ohne sich gegenseitig beweisen zu müssen – das war seine Antwort, die sie von ihm erwartete. Sich beweisen wollte sie nicht, und anders als früher sah er sich dazu nicht mehr in der Lage, zumal er mit seinen Bemühungen, sich zu beweisen, meistens sehr schmerzhaft auf die Nase gefallen oder an eine Wand gefahren war. Ohne sich dessen tatsächlich bewusst zu sein, war er, um sich beweisen zu können, viel zu gewöhnlich. An Authentizität hatte er gewonnen, ohne dies ausdrücklich bemerkt zu haben, seit er sich in der Kiezumgebung und seinen begrenzten beruflichen Chancen mit seiner Gewöhnlichkeit arrangiert hatte.

KAPITEL 11

Doch die Liebe bewahrt nicht vor Krankheit, Tod und Verlust. Aber sie teilt jedes Leid, lindert Schmerz und schützt vor Einsamkeit und braucht Zeit. Jede Woche hatten sich Judith und Norbert zu einem Mittagslunch getroffen und oft auch in den Clubs, die das Leben im Kiez bereicherten. Am häufigsten trafen sie sich telefonisch, um sich einen schönen Tag zu wünschen oder eine geruhsame Nacht mit schönen Träumen. Warum zogen sie nicht in Judiths Wohnung zusammen? Warum bot ihm Judith kein Zimmer an? Warum bat er sie nicht darum? Verzichteten sie darauf, weil sie Rituale ablehnten, die eine Nähe vermuten ließen, die nicht so eng war, wie es Außenstehende annehmen könnten? Oder wollten sie sich nichts vormachen, ein gemeinsames Leben zu führen, das zu leben sie nicht in der Lage waren? Sie kamen zusammen, ohne sich aneinander zu binden oder zueinander in Abhängigkeit zu geraten, und hatten sich doch als zwei Menschen gefunden, die enge Freunde waren und sich gegenseitig sehr schätzten.

»Was ist Liebe«, wollte er von Judith wissen, »das weißt du bestimmt.«

»Warum soll ich das wissen? Bist du dir da sicher?«, entgegnete sie, »oder willst du es dir einfach machen und dir dazu von mir etwas sagen lassen? Welche Ideen hast du?«

»Da fällt mir schon etwas ein wie beispielsweise gern zusammen sein, sich verstehen, gemeinsam leben, wie ich vermute …«

»… keinen Sex?«, unterbrach sie ihn, »das würde ich nicht überstehen.«

»Das hatten wir bisher nicht, aber dennoch lieben wir uns – jedenfalls ist das mein Eindruck.«

»Da hast du recht«, stimmte sie zu, »doch du vergisst, dass Liebe Zeit braucht, um eine erfüllte Liebe zu sein.«

»Das gilt für Zusammenleben und auch für Sex?«

»Wenn es dabei um Liebe gehen soll, auf jeden Fall. Oder bist du anderer Auffassung?«

»Bisher habe ich mich anders verhalten und anders gehandelt, was ›Liebe‹ betraf«, äußerte Norbert, »um ›Liebe‹ ging es mir dabei offenbar nicht, wie ich jetzt weiß.«

Doch plötzlich war Judith für Norbert nicht mehr erreichbar – sie war verschwunden, ließ nicht von sich hören, war weg. Norbert versuchte, sie telefonisch zu kontaktieren, fuhr mit dem Fahrrad zu ihrer Wohnung, klingelte, klopfte an ihre Wohnungstür: Sie war für ihn nicht auffindbar – abends und nachts war auch kein Licht in ihrer Wohnung. Er suchte sie an der Uni und wurde nicht fündig. Lag sie tot in ihrem Bett? War sie überfallen worden? Er war äußerst beunruhigt: Wo war sie? Als er einige Tage später sah, dass ihre Wohnung ausgeräumt wurde, war er komplett verwirrt. Es musste etwas vollkommen Unerwartetes passiert sein. Andernfalls hätte sie ihm doch mitgeteilt, was für sie anstand.

Er ging in das Villenviertel, wo sich ihr Elternhaus befand und hoffte, ihr dort zu begegnen. Nach stundenlangem Warten sah er sie endlich aus der Familienvilla treten. Norbert erkannte sie an ihrem Gang und an den streng aus der Stirn gekämmten Haaren, die zu einem Pferdeschwanz zusammengebunden waren. Denn sie trug eine Sonnenbrille und war – ganz gegen ihre Gewohnheit im Kiez – außerordentlich modisch gekleidet mit einem kurzen roten Rock, schwarzen Nylonstrumpfhosen, weißen High-Heels und einer blauen Bluse, auf deren Rück- und Vorderseite »Fucking Lover« in bunt glitzernden Lettern geschrieben stand. Norbert ging auf sie zu, sprach sie an, rief sie bei ihrem Namen – alles vergeblich. Sie ignorierte ihn und stieg nach knapp hundert Metern in ein türkis lackiertes Porschecabriolet, dessen Motor ein junger Mann in einem buntgemusterten T-Shirt startete, als Judith ihre Beifahrertür zugeknallt hatte. Der Porsche brauste davon, als Norbert ihn fast erreicht hatte und ihren Namen schrie. Judith dreht sich nach ihm um und streckte ihm mit höhnischer Miene die Zunge heraus – da bog der Wagen schon in eine Seitenstraße ein und ließ Norbert verzweifelt vor der Villa zurück. Sie war eben doch ein »Biest« sagte er sich, und hatte ihn mit falschen Hoffnungen an der Nase herumgeführt.

Zwei Tage später erreichte ihn folgender Brief:

Norbert,
ja, ich war schlecht zu Dir und habe Dich so niederträchtig behandelt, wie Du es bestimmt nicht verdient hast, als ich Dich vor unserer Villa sah, wortlos an Dir vorbeiging und zum Abschied Dir die Zunge herausgestreckt habe. Jetzt hältst Du mich wie alle anderen auch für das »Biest«, das ich aber nicht bin. Denn meine Eltern haben mich gezwungen, den Kiez zu verlassen, in dem ich seit gut drei Jahren lebe, damit ich einen Lebensweg einschlage, der aus ihrer Sicht besser geeignet für mich ist als studierenderweise weiter im Kiez zu bleiben. Mein weiterer Lebensverlauf sollte wie der meiner Geschwister zum Status meiner Familie passen; das war weder mit meinem Studium der Soziologie noch mit der Wohnumgebung in unserem Kiez gegeben. Mein Vater stellte die Bezahlung der Miete für meine Wohnung ein und sperrte seine finanzielle Unterstützung meines Lebensunterhalts mit sofortiger

Wirkung. Mir blieb nichts anderes übrig, als die Familienvilla aufzusuchen und bis auf Weiteres als Bleibe zu nutzen – das ist nur provisorisch. Wenn ich in meiner beruflichen Weiterentwicklung so »funktioniere«, wie von meinen Eltern unmissverständlich gewünscht, bekomme ich auch wieder Geld. In welche Richtung sich nun mein Leben bewegen wird oder bewegen soll, weiß ich noch nicht.

Doch ich musste mich von meiner Wohnung im Kiez mit allerhand Tränen trennen und auch von Dir. Meinem Vater hatte ich von unserer glücklichen Freundschaft erzählt. Daraufhin hatte er sich über Dein Treiben an der Universität sehr genau erkundigt. Jedenfalls wusste er von Deinem Rausschmiss im Zusammenhang mit Deinem Artikel in der Lokalpresse zum Lehrangebot der juristischen Fakultät und von der Pleite Deines Start-Ups nach dem Krach zwischen Dir und der Uni wegen der Qualitätsmängel des Produktangebots und der von Dir vorgenommenen Einstellung von Uni-Tutoren, ohne dass diese ihre Nebentätigkeit erklärt hatten. Ein Typ wie Du, der aus Verdruss über seine Gewöhnlichkeit keine Grenzen kennt und der fehlgeleiteten Auffassung ist, dem jungen, hoffnungsvollen Nachwuchs anzugehören, der das Banner wissenschaftlicher Exzellenz künftig trägt, verdiene meine Gegenwart, meine Nähe nicht, so dass ich die Verbindung mit Dir schleunigst und für immer beenden solle. Nie mehr wolle er von Dir hören und Dich auf keinen Fall kennenlernen. Umgehend solle ich die Freundschaft beenden, die uns verbinde – meine Freundschaft mit Dir führe nirgend woanders hin als in den Abgrund.

Abhängig von meinen Eltern konnte ich nicht anders, als ihnen zu folgen, und musste Dir gegenüber so eklig und widerwärtig sein, um mich von Dir zu lösen. Anders schaffe ich das nicht – dafür schätze ich Dich zu sehr. Jedes Gespräch, das ich mit Dir über die Trennung führte, würde mich wieder fester mit Dir verbinden, als mich von Dir lösen. Der Weg des Gesprächs bringt mich nicht von

Dir weg, sondern immer wieder zu Dir zurück. Norbert, ich habe Dich geliebt und liebe Dich noch, weil Du außergewöhnlich gewöhnlich bist – ich darf mir das künftig nicht mehr erlauben. Jede Regung, die ich bei Dir spürte, jedes Wort, das ich von Dir hörte, und jeden Wunsch, den ich Dir von den Augen ablas, habe ich nachvollziehen können und verstanden. Du warst für mich kein Held, keine Herausforderung und kein Rätsel, sondern du warst einfach für mich da und jemand, mit dem ich mich wohlfühlte, weil ich ihn verstand. Mein Vater behauptet, dass Du ein »Underperformer« bist, der zu nichts produktiv in der Lage ist und deshalb zu überhaupt nichts taugt. Ob Du das bist oder nicht, kümmert mich nicht. Ich liebe und liebte Dich so, wie Du bist. Doch meine Eltern lehnen das ab, setzen mich unter Druck und machen Dich zum »Underperformer« und mich zum »Biest«. Das kann ich nicht ändern – es tut mir leid.

Leb wohl!

Judith

KAPITEL 12

Dass Judiths Liebe auf seiner Gewöhnlichkeit gründete, diese Erklärung für ihre Zuneigung war für Norbert ein harter Brocken. Dass Gewöhnlichkeit ihn weiterhin auszeichnete, wie sie ihm zu verstehen gab, wusste er nicht; das hatte ihm bisher noch niemand gesagt. Immer hatte er an seine Außergewöhnlichkeit geglaubt, die er mit den Ergebnissen seiner Selbstanalyse bestätigt sah. War er allein in seiner Gewöhnlichkeit außergewöhnlich? War da nicht mehr? Waren seine auf Gewöhnlichkeit ausgerichteten Potenziale der Grund dafür, dass er als einer, der sich für außergewöhnlich hielt, seine Zielsetzungen verfehlte und mit seinen Vorhaben scheiterte? Wahrscheinlich war das so, sagte er sich; das hatte Judith an ihm geschätzt und ihn wegen seiner Gewöhnlichkeit sogar geliebt, wie sie es ihm in ihrem Brief geschrieben hatte.

Wäre es besser gewesen, wenn sie zusammengelebt hätten? Wäre das gut gegangen, fragte er sich, wenn sie ihn liebte, weil er so gewöhnlich war, sie hingegen in gar keiner Weise? Auf Augenhöhe wäre diese Beziehung niemals gewesen; denn als gewöhnlich sah Norbert sie nicht und hätte sie nie als »underperformed« bezeichnet. Er fühlte sich wohl, wenn er mit Judith zusammen war und sah keine Veranlassung zu ergründen, warum das so war, zumal er sie in jeder Hinsicht bewunderte. Die offenbar heilsame Distanz blieb gewahrt, solange sie nicht in einer Wohnung unter einem gemeinsamen Dach lebten, folgerte er; denn um zusammenzuleben sei eine Beziehung auf Augenhöhe unerlässlich – das war seine Freundschaft mit Judith mit Sicherheit nicht.

Er war ein »Underperformer« – das wusste er jetzt. Ohne es zu bemerken, hatte er sich erneut übernommen – dieses Mal in einer Beziehung und nicht im Studium, in der Politik oder mit einem Geschäft. Offenbar ließ ihn seine außergewöhnliche Gewöhnlichkeit bei seinem Bemühen um Exzellentes, Höheres, Übergreifendes scheitern; das verstand er erst jetzt mit Judiths Ausführungen in ihrem Abschiedsbrief. Kein Höhenflug, den er sich ausmalte, der ihn aber hart fallen ließ, sondern ein ganz gewöhnliches Leben war offensichtlich sein Ding.

Drei Wochen später traf er Lotte in einem der Clubs im Kiez und tanzte mit ihr ganz ausgelassen, ohne zu wissen, wie es dazu gekommen war. Sie hatte rote Pausbacken, brünette, unfrisierte Locken, große, braune Augen und eine Altstimme, die unüberhörbar war. Lotte verspürte Lust, wenn sie mit luftigen Blusen und viel zu engen Jeans auf ihre pummelige, runde Figur aufmerksam machen konnte, und wirkte dabei gesund und erfrischend – in keiner Weise aufreizend oder ordinär. Warum auch immer schien sie zu wissen, dass sie ein paar Kinder gebären würde, hart arbeiten müsse, sobald diese im Kindergarten und in der Schule waren, und dass der Vater ihrer Kinder ihr manchmal untreu sein werde, aber nicht von ihr loskomme, da er nach kurzer Zeit spürte, dass er doch zu ihr gehörte. Lotte verkörperte insgesamt Leben pur – nicht ambitiös, äußerst gewöhnlich, doch absolut überzeugend.

»Tanzen mit dir macht Spaß«, hatte sie Norbert gesagt, als sie sich zum ersten Mal in dem Club getroffen hatten und sie ihm nach zwei Stunden Tanzen zu verstehen gab, nach Hause gehen zu müssen – das war etwa eine halbe Stunde nach Mitternacht.

»Warum bleibst du nicht noch?«, fragte er sie, »hast du keine Lust mehr, mit mir abzurocken?«

Wegen der lauten Musik hatte er nicht richtig verstanden, was sie zu ihm gesagt hatte.

»Gern tanze ich mir dir«, wiederholte sie mit lauter Stimme, »aber ich muss jetzt gehen. Morgen arbeite ich. In einem mobilen Pflegedienst bin ich tätig, putze älteren Menschen die Wohnung, wasche sie alle zwei Tage und bringe ihnen ihr Mittagessen«, rief sie ihm zu, um sich verständlich zu machen.

»Ich bring dich nach Hause«, bot er ihr an.

»Das ist nicht nötig«, erwiderte sie, »vielen Dank! Das schaffe ich schon allein. Wir sehen uns wieder.«

Das sagte sie Norbert, als wüsste sie, dass sie sich wenige Tage später wieder in diesem Club trafen, ohne sich verabredet zu haben. Es kam so, sie tanzten erneut ganz ausgelassen zusammen. Lotte verabschiedete sich nach zwei Stunden wieder mit dem Hinweis, am nächsten Tag arbeiten zu müssen – und so geschah es auch die nächsten drei Male. Beim Abschied von ihr zum fünften Mal, schlug Norbert vor, sich zu einem Abendessen zu treffen.

»Hast du dazu Lust?« fragte er sie.

»Super Idee!«, antwortete Lotte, »das machen wir. Am Dienstagabend der kommenden Woche habe ich dafür Zeit.«

Sie trafen sich in einem Restaurant mit deutscher und italienischer Küche. Lotte trug nicht ihre engen Jeans mit Bluse, sondern ein weites, blau und weiß gestreiftes Kleid, das ihre Figur nicht weniger als mit Jeans und Bluse hervorhob. Norbert war mit einer Lederhose, einem in vielen Farben karierten Hemd und seiner Lederjacke bekleidet. Beide schienen glücklich darüber zu sein, in dem Restaurant gemeinsam zu Abend essen zu können. Es war gegen 19:00 Uhr; das Restaurant war bereits gut besucht. Sie bestellten ein Pasta-Gericht für sie, ein Schnitzel für ihn und zwei große Gläser Bier.

»Tanzen ist super«, sagte Lotte mit ihrer lauten Altstimme, »doch zusammen zu essen ist gleichfalls gut und eine ganz andere

Erfahrung sich kennenzulernen als Tanzen. Denn zum Essen gehört, sich gegenseitig zu erzählen.«

»Erzählen oder reden«, fragte Norbert, »das ist ein Unterschied.«

»Ich möchte lieber erzählen als reden«, ging sie auf seine Frage ein, »beim Erzählen erfahre ich mehr von dir als mit Reden, bei denen es um Gott und die Welt gehen kann, aber nicht um dich. Erzähl mir doch aus deinem Leben.«

»Gern« antwortete er und begann von sich zu erzählen. Als er damit zu Ende war, bemerkte Lotte mit etwas Spott in der Stimme:

»Da kann ich nur von Glück reden, dass du nicht zu deinen Höhenflügen gekommen bist. Sonst wären wir uns mit Sicherheit nie begegnet.«

Sie lachte. Norbert nickte zustimmend, sagte allerdings dazu nichts.

»Erzähl mir von dir«, bat er sie, »woher kommst du? Was machst du?

Da erzählte Lotte, dass sie vom Land in die große Stadt gekommen sei, ihre Eltern einen Bauernhof in einem Dorf hätten und sie als jüngste vier Geschwister habe. Als sie in der Oberstufe des Gymnasiums war, das sie täglich in der nächstliegenden Stadt besucht hatte, sei ihr mehr und mehr klargeworden, auf dem Bauernhof oder in dem Dorf, zu dem er gehörte, gar keine Chance zu haben, einen Beruf auszuüben, der ihr zusagte.

»Ich habe mich deshalb entschlossen, hier in die große Stadt zu ziehen, um Pflegewissenschaften an der Fachhochschule zu studieren. Das hat mich interessiert. Alte Menschen mobil zu pflegen, hätte ich auch in meiner ländlichen Heimat praktizieren können. Doch es kam anders. Um das Studium erfolgreich abzuschließen, musste ich Praktika absolvieren. Dabei hat sich eine Stelle aufgetan, die ich nach meinem dreijährigen Studium antreten konnte. Das erwies sich für mich als tolle Chance – ein Glücksfall! Das mache ich jetzt. Ich gehöre zu den Menschen, die gerne an- und zupacken. Besser als so, wie ich es jetzt habe, konnte es gar nicht kommen«, schloss sie ihren Bericht.

»Ich kann dich dazu nur beglückwünschen«, äußerte Norbert, »ich habe keine abgeschlossene Ausbildung, keine feste Anstellung, keinen Beruf – ich jobbe, wo es mir möglich ist, und muss damit zurechtkommen. Bist du auch schon verheiratet und hast Kinder? Das würde mich nicht wundern.«

»Ich habe keine Familie, Norbert«, ließ sie ihn wissen, »mir ist bisher noch niemand begegnet, der so ausgelassen sein kann wie ich. Doch nachdem wir uns fünf Mal in diesem Club getroffen und miteinander vergnügt haben, trägt mich die Gewissheit, dass du es bist, dem ich begegnen wollte und weiter begegnen will.«

Diese Äußerung machte Norbert sprachlos – er sah sie an, sie sah ihn an und fragte:

»Hätte ich dir das nicht sagen sollen? Bereust du es jetzt, mit mir getanzt zu haben?

»Auf gar keinen Fall«, antwortete er, »du hast mich komplett überrascht. Ich freue mich, bin beglückt ...«

Lotte ergriff ihn an beiden Händen und sagte:

»... na dann haben wir uns gefunden.«

Sie standen auf und umarmten sich, setzten sich wieder, aßen zu Ende und tranken ihr Bier aus.

»Wollen wir jetzt noch in unseren Club gehen«, schlug Norbert vor.

»Dafür ist es zu spät«, erwiderte sie, »morgen muss ich wieder arbeiten.«

»Dann darf ich dich heute nach Hause begleiten?«, fragte er.

»Vielen Dank, Norbert! Das ist sehr liebenswürdig, aber wirklich nicht notwendig. Du musst morgen auch ausgeruht sein und pünktlich bei deinem Job erscheinen«, war ihre Antwort, »wir sollten uns besser verabreden, wann und wo wir uns wiedersehen – das ist doch viel wichtiger.«

Das machten sie, zogen ihre Kalender hervor und fanden einen Termin und Ort für ihr nächstes Treffen. Dann verabschiedeten sie sich mit fester Umarmung und schmatzendem Kuss auf die Wangen und gingen auseinander.

Zwei Monate nachdem sich Judith von ihm getrennt hatte, waren Norbert und Lotte ein Paar und genossen ihr außergewöhnlich gewöhnliches Glück, ohne in irgendeiner Weise einfältig, spießig, »underperformed« und jedem Abenteuer abhold zu sein. Kein einziges Wort verloren sie über die Chancen und Risiken ihrer unspektakulären Partnerschaft. Auf diesen Gedanken verfielen sie nicht, sondern sie lebten miteinander auf Augenhöhe und gehörten offensichtlich zusammen im Glück ihrer Gewöhnlichkeit, die ganz außergewöhnlich war. Jahre später hatten sie vier Kinder, und Norbert eine feste Tätigkeit. Nach kurzer Ausbildung war er Verkäufer in der Filiale einer Drogeriekette. Auch Lotte musste arbeiten, als die Kinder im Kindergarten waren und die Schule besuchten. Das Leben war teuer mit einer großen Wohnung, dem Unterhalt für eine Familie mit vielen Kindern und den Sparkonten, die sie für ihre Kinder und sich befüllten.

Dass Norbert ihr hin und wieder untreu wurde, diese Prophezeiung, von der sie zu wissen schien, ging in Erfüllung, wenn er das Gefühl hatte, sich in der Gewöhnlichkeit, die ihn prägte, nicht mehr wahrzunehmen. Doch er kehrte immer wieder zu ihr zurück. Wegen seiner gelegentlichen Untreue trennte sie sich nicht von ihm. Ihre außergewöhnliche Gewöhnlichkeit war für die beiden der »Bund ihres Lebens«, ohne dass sie davon wussten.

EPILOG

Norbert schien ein Hochstapler zu sein wie »Felix Krull«, der mit seinen Erfolgen oft überzogen hatte und dafür auch im Gefängnis gelandet war, wie es heißt – Aufstieg und Fall eines Außergewöhnlichen. Norbert K. war nie im Gefängnis, hatte allerdings weder Aufstieg noch Fall erlebt, sondern scheiterte bereits beim Versuch, ein Überflieger zu sein; er war nicht zu Erfolgen in der Lage wie die von »Felix Krull«.

War er zu dumm, zu kleinkariert oder zu ungeschickt? Nein, das war er nicht. Norbert war zu wenig von sich überzeugt und redete sich ein, mit den hohen Potenzialen, die er bei sich zu erkennen glaubte, ein Überflieger zu sein, der in ungeahnte Höhen aufsteigen und überzeugen würde. Er wollte ein ganz anderer sein als derjenige, der er tatsächlich war – das gelang ihm nicht. »Felix Krull« war dagegen zu sehr von sich überzeugt, um sich einzureden, ein anderer zu sein als derjenige, der er war, und versuchte nicht wie Norbert, den exzellenten Nachwuchsforscher, den Top-Juristen, den jungen Politikstar oder den erfolgreichen Geschäftsmann abzugeben, um sich von sich selbst zu überzeugen.

Norbert war außergewöhnlich gewöhnlich – ein »Felix Krull« der Postmoderne? Wie er sich aufspielte aufgrund der hohen Einschätzung seiner selbst, stand im Widerspruch zu aller Vernunft und erwies sich als albern und sinnlos, bisweilen sogar als gefährlich für andere und ihn, als er zum Beispiel Applaus und Erfolg als Politiker für sich suchte und auch erhielt, aber schließlich geschasst wurde.

Lotte war seine Rettung – sie hatte ihn geerdet. Haben die beiden jemals darüber gesprochen? Nein, sie haben niemals ausdrücklich sich selbst oder ihre Beziehung thematisiert. Was sie besprachen, ergab sich aus ihrem Alltag und alldem, was ihnen der Alltag zur Erörterung bot. Auf Metaebenen ihre Beziehung zu diskutieren und sich zu verstehen, dem stand ihre Gewöhnlichkeit entgegen. Das war Lottes und Norberts Glück. Etwas eintönig, bisweilen langweilig empfand Norbert später zeitweise sein Leben mit Lotte und ihren gemeinsamen Kindern. Aber das war er gewohnt nach allem, was er in der Siedlung, in der er seine Kindheit und Jugend verbracht hatte, mit Familie, Freunden, in der Schule, auf dem Sportplatz, im Jugendzentrum und auf den Wolken im »Bierhimmel« erlebt und genossen hatte. Ohne von ihr loszukommen, war er Lotte allerdings manchmal untreu. Doch außergewöhnlich gewöhnlich, wie sie beide waren, blieben Lotte und Norbert unzertrennlich. Aber warum? Das wussten sie nicht. Doch warum auch immer, sie gehörten zusammen.